Fenway y Hattie

Victoria J. Coe

Traducción de Teresa Mlawer

D0112458

PUFFIN BOOKS

PUFFIN BOOKS
An imprint of Penguin Random House LLC, New York

First published in the United States of America by G. P. Putnam's Sons, 2016
Published by Puffin Books, an imprint of Penguin Random House LLC, 2017
Spanish edition published by Puffin Books,
an imprint of Penguin Random House LLC, 2019

Text copyright © 2016 by Victoria J. Coe
Illustrations copyright © 2016 by Kristine Lombardi
Translation copyright © 2019 by Penguin Random House LLC
First Spanish language edition, 2019

Visit us online at penguinrandomhouse.com

THE LIBRARY OF CONGRESS HAS CATALOGED THE G. P. PUTNAM'S SONS EDITION AS FOLLOWS:
Coe, Victoria J.
Fenway and Hattie / Victoria J. Coe.
pages cm
Summary: "An excitable Jack Russell terrier named Fenway and his
Favorite Short Human, Hattie, move to the suburbs and must adjust
to the changes that come with their new home"—Provided by publisher.
[1. Jack Russell terrier—Fiction. 2. Dogs—Fiction.
3. Human-animal relationships—Fiction. 4. Moving, Household—Fiction.] I. Title.
PZ7.1.C635Fe 2016
[Fic]—dc23
2015009117

Puffin Books ISBN 9780593110058

Printed in the United States of America
Design by Ryan Thomann
Text set in Chaparral

1 3 5 7 9 10 8 6 4 2

EL REGRESO DEL CAMIÓN MARRÓN

Estamos llegando al porche cuando, en la distancia, oigo un traqueteo, un estrepitoso ruido, un retumbar... cada vez más alto. ¡Es ese Camión Marrón otra vez! Se acerca a la acera, dejando claro que nos sigue. ¿Cómo se atreve a regresar?

Doy un salto halando de la correa y le muestro mis dientes:

—Te advertí que no regresaras —ladro.

Un Humano Malvado se baja del camión cargando un paquete. Se dirige hacia nosotros haciendo como que no me oye.

—¡Prepárate para lo que te espera! —ladro dando saltos como un loco.

—¡FEN-way! ¡Siéntate! ¡Siéntate! —grita Hattie halando de mi correa.

¿Será que no confía en mí?

Me abalanzo, listo para el ataque, cuando el Humano Malvado le lanza un paquete a Hattie. Entonces da la vuelta y regresa deprisa al Camión Marrón.

¿Qué puedo decir? Es evidente que mis feroces ladridos lo asustaron. Después de un siniestro RUGIDO, el Camión Marrón se va por la calle traqueteando.

A Philip, James y Ralph,
por compartir la alegría, la diversión y todo lo que
conlleva querer a un perro,

y a Kipper,
por su inagotable inspiración.

Capítulo 1

En cuanto salimos del elevador, me doy cuenta de que algo no está bien. La alfombrilla de la entrada no está. Las botas fangosas y las flores plásticas han desaparecido. La entrada parece vacía. Abandonada. Como si nadie viviera aquí.

¿Quién se habrá llevado nuestras cosas? ¿Intrusos? ¿Desconocidos?

¡¿Ardillas?!

El Señor Busca-y-trae abre la puerta y entro corriendo. Con el hocico pegado al piso, olfateo pistas. Pero solo logro oler a La Señora Comida, a El Señor Busca-y-trae y a Hattie: mi familia.

Corro al Lugar de Comer. Aparentemente, La Señora Comida no se ha dado cuenta de que faltan cosas. Me hace una caricia rápida y suspira, como si le esperara un

1

trabajo grande por hacer. Toda su atención se fija en un montón de cajas.

¡Cajas!

Mi cola no para de moverse. Meto el hocico en la caja más cercana y me pongo a husmear. Huele a cosas poco interesantes como tazas de té, nada nuevo y emocionante como suelen encerrar las cajas.

—¡FEN-way! —gruñe La Señora Comida. En humano eso significa: «¡Estás metido en un lío!»

Pliego las orejas y me aparto. Solo hacía mi trabajo. Los paquetes deben ser inspeccionados. ¿Y si contuvieran algo peligroso? ¿O delicioso?

El Señor Busca-y-trae sonríe y le da un beso en la mejilla a La Señora Comida. Habla precipitadamente y hace un montón de gestos, como si fuera el humano más feliz del mundo.

¿A qué se debe tanto alboroto? ¿Es que no le preocupa que se hayan robado todas nuestras cosas? Es bueno que mis humanos tengan a un Jack Russell terrier de patrulla. No cabe duda de que corremos peligro. ¡Hay mucho que hacer!

Sigo husmeando por todas partes, pero no hallo ni una sola pista. Y tampoco sabrosas migajas ni nada rico en el piso. La Señora Comida envuelve platos con un papel ruidoso y los mete en una caja grande. Agarra bolsas de papitas, de tortillas, palitos salados y galletitas.

Latas y frascos también. Hasta que los armarios de la cocina quedan completamente vacíos. ¡Oye, espera un minuto! ¿Qué se supone que vamos a comer?

Debo avisar a mi pequeña humana. Corro ladrando hasta su habitación.

—¡Malas noticias, Hattie! ¡Vamos a pasar hambre!

Pero cuando llego a la entrada de su cuarto, veo que ella también está rodeada de cajas. Se ve triste. Posiblemente porque no pudo ir al Parque de Perros. A Hattie le gusta jugar y correr tras la pelota tanto como a mí.

Aunque traigo malas noticias, tan pronto me ve deja de estar triste y sonríe.

—Fenn-waay —dice con esa voz melodiosa. Eso significa que me va a dar una galletita.

—¡Hurra! ¡Hurra! —ladro y entro rápido al cuarto. Así es mi Hattie, siempre pensando en mí. Salto por encima de una caja y me echo ansioso a sus pies.

—¡Ajá! —dice ella con una sonrisa, y mete la mano en el bolsillo. La galletita vuela hasta mi boca. *¡Ñam!* ¡Deliciosa!

Me acaricia la cabeza y me mira fijamente a los ojos, la tristeza reflejada en su rostro nuevamente. Como si esa fuera la última galletita que me va a dar.

—Es lo que venía a decirte, Hattie. Nos han desvalijado —ladro—. Posiblemente, obra de las ardillas.

Sus hombros se inclinan por el peso de la realidad.

Acaricio uno de sus tobillos con el hocico.

—No te preocupes. Aquí estoy para protegerte —le digo.

Debe sentirse peor de lo que yo pensaba, porque fija sus oscuros ojos en la estantería más alta. Se sube a la cama y extiende la mano hacia un muñeco de peluche que antes era un oso, pero que ahora solo tiene cabeza, torso y un brazo.

¡Oh, no! Eso significa que algo espantoso va a ocurrir. Como una noche de tormenta con rayos y truenos.

Hattie agarra el oso-que-una-vez-fue de la estantería. Lo aprieta contra su pecho. Ella tiene miedo. Lo bueno es que estoy aquí para darle fuerza. Mientras baja de la cama, le arrebato el oso-que-una-vez-fue de los brazos. Salgo disparado saltando sobre una caja.

Hattie me persigue riéndose.

—¡Ven aquí! —dice extendiendo los brazos.

Estoy fuera de su alcance. Salto sobre un montón de zapatos y tropiezo con algo duro. *¡Ay!* Es mi cepillo del pelo, el de antes de ir a la cama. Pero ¿qué hace en el piso?

Hattie ve una oportunidad y se lanza:

—¡Suéltalo! —grita con una voz que no demuestra enojo.

Ella es rápida, pero yo lo soy más. Doy un brinco y

me subo a la cama. Hundo el hocico en el revoltijo de mantas. Huele a menta y a vainilla, como ella.

Hattie se deja caer a mi lado, sonriente. Me quita el oso-que-una-vez-fue y me abraza fuertemente.

—Amigos inseparables —dice con voz arrulladora. Me da un beso en la pata marrón y luego en la pata blanca. Me llena el cuello de besos. ¡Nuestro juego preferido!

Le lamo la cara y ella sonríe. Es la mejor pequeña humana que jamás he conocido.

La Señora Comida aparece en la puerta. Una mano descansa en su cadera y con la otra señala las cajas.

—Hattie —dice con firmeza.

La sonrisa de Hattie desaparece. Se endereza y me suelta. Huelo su preocupación. Sé cómo se siente.

De un momento a otro La Señora Comida comenzará a gritar con su voz regañona.

Pero las palabras que oigo son de Hattie. Se escucha ansiedad en su voz. Recoge la cuerda de saltar que lleva al lugar donde van los pequeños humanos con sus mochilas. Le muestra una tarjeta a La Señora Comida. De repente, percibo un olor a escarcha helada, como aquella vez que llegó a la casa una invasión de pequeños humanos y tuve que advertirle a Hattie que el pastel estaba en llamas.

A medida que Hattie habla, el rostro regañón de La Señora Comida se suaviza. Hasta que muestra tristeza.

—Oh, cariño —dice con voz tranquilizadora. Se sienta a nuestro lado en la cama.

Hattie se echa en sus brazos. La Señora Comida le acaricia su abundante pelo.

Meto el hocico bajo la mano de La Señora Comida:

—Yo también necesito caricias —digo gimiendo—. Precisamente aquí, detrás de esta oreja.

La Señora Comida nos mece tiernamente igual que hizo aquella vez que Hattie se lastimó la rodilla. Nos hace una caricia y se pone de pie.

—¿Está todo bien? —pregunta.

Hattie afirma con la cabeza entre sollozos. «Todo bien», contesta ella. Pero sé que sigue preocupada. Está triste y tiene miedo, y no deja de empacar cajas. Me recuerda algo. Pero ¿qué? Si al menos me pudiera acordar.

Cuando La Señora Comida se va, Hattie echa la cuerda de saltar en una caja. Luego ropa, *fiuuu*. Y zapatos, *pum*. Agarra el oso-que-una-vez-fue y lo abraza con fuerza.

¡Y, de repente, el recuerdo me viene a la mente! Fue aquella vez que Hattie desapareció dos noches enteras. Y algo terrible debió de haberle ocurrido porque, cuando finalmente regresó, su ropa olía horrible. Como a malvaviscos quemados y a ardillas.

¡Oh, no! ¿Es que iba a pasar otra vez? ¡Ya sabía yo que algo no andaba bien!

¡Hattie se va! ¡Hattie se va!

Doy un salto y comienzo a dar vueltas en círculo. No puede irse, por lo menos no sin su fiel perro. Si me quedo a su lado, tendrá que llevarme con ella. ¡Caramba! ¡Es la Mejor Idea del Mundo!

Mientras Hattie va llenando caja por caja, me mantengo pegado a ella como su piel. Cuando termina de cerrar la última caja, se dirige a la puerta. Pero yo llego primero.

Hattie pasa por encima de mí y yo la sigo al Lugar de Comer. La Señora Comida está de pie junto a la encimera chupándose los dedos. Levanta una bolsa blanca que huele a rosquillas.

—Desayuno —anuncia.

—¡Yupi! —ladro, y salgo corriendo hasta llegar junto a los pies de La Señora Comida. Hattie coge la bolsa y la rasga rápidamente.

Salto sobre sus piernas y se me hace la boca agua.

Hattie le da un mordisco a una rosquilla. Una deliciosa y jugosa sustancia cae justo en mi boca. *¡Qué sabroso!* Vainilla. Trago rápidamente.

—Más, por favor —ladro dando saltos otra vez.

Hattie se ríe. Pero cuando La Señora Comida se cruza de brazos, entonces para.

Justo en ese momento, se oyen ruidos en la puerta de entrada. ¿Intrusos? Llego a la Sala de Estar en el momento en que la puerta se abre. Estoy listo para abalanzarme.

¡Es El Señor Busca-y-trae! ¿Cuándo salió? Doy un salto y apoyo mis patas en sus rodillas.

—¡Te extrañé mucho! —ladro—. ¿Es hora de jugar?

Pero no logro llamar su atención. No viene solo.

Un grupo de Gigantes Desconocidos lo siguen. Uno tras otro, entran a la casa; huelen a café y a sudor. ¡Una combinación sospechosa! El Señor Busca-y-trae no hace nada por detenerlos.

—¡Oigan! ¿Quiénes son ustedes? ¿Por qué están aquí? —ladro abalanzándome sobre ellos, pero guardando una distancia prudente del primer intruso. Es mucho más grande que El Señor Busca-y-trae.

—Shhh —dice El Señor Busca-y-trae. Me sujeta del collar y me hala hasta el otro extremo de la sala.

—¡Ten cuidado! —ladro—. ¡Esos tipos pueden ser peligrosos!

Y como para corroborar mi punto de vista, los Gigantes Desconocidos comienzan a cargar cajas. Uno de ellos quita de la pared la Pantalla Luminosa.

—¿Es que no se dan cuenta de que se están llevando nuestras cosas? —ladro dando brincos y saltos sin dejar de mover la cola—. ¡Suéltenme! ¡Tengo que estar libre para poder hacer mi trabajo!

Pero no hacen caso de mis advertencias. El Señor Busca-y-trae y La Señora Comida permanecen a un lado, viendo cómo estos Humanos Malvados se llevan todo.

—¡Suéltenme! ¡Yo puedo con estos tipos!

Halo de la correa, doy vueltas. Necesito liberarme. Estoy a punto de ahorcarme con la correa cuando El Señor Busca-y-trae me lleva hasta el Lugar de Comer.

—¿Es que no se dan cuenta de lo que pasa? —ladro—. Si alguna vez han necesitado de un perro para protegerlos, ¡es ahora!

Sin inmutarse, El Señor Busca-y-trae ajusta La Reja a lo ancho de la puerta. ¡Estoy atrapado!

—¿Qué haces? —ladro—. ¿Te has vuelto loco?

Salto lo más alto que puedo, pero no estoy a la altura de La Reja.

No puedo resistir esto por mucho más tiempo. Siento las piernas cansadas y mis ladridos se ahogan. Corremos un grave peligro y lo único que puedo hacer es mirar.

Y lo peor de todo es que me separé de Hattie cuando debía estar pegado a su lado. ¡Vaya plan!

Capítulo 2

No será un trabajo fácil, pero no descan- saré hasta volver a reunirme con Hattie. Doy vueltas y vueltas. Me estiro, doy brincos y saltos. Corro de un extremo al otro del Lugar de Comer, deteniéndome solo una vez para lamer algo delicioso en el suelo.

¡Qué rico! ¡Vainilla!

Al final, solo me queda una cosa por hacer. Lanzo un gemido lastimoso.

—¡Oigan! ¿Se han olvidado de mí? Estoy aquí, atrapado.

Finalmente, mis esfuerzos se ven recompensados. Hattie llega corriendo, la mochila a sus espaldas. Su cara muestra angustia y alegría a la vez.

—¿Listo? —pregunta.

—¿Que si estoy listo? ¡Estoy más que listo! —ladro moviendo la cola de un lado a otro.

Hattie quita La Reja, y entro corriendo a la Sala de Estar.

¡Pero llego tarde! Los Humanos Malvados ya se han ido. Y con ellos, nuestras pertenencias. Pero la buena noticia es que Hattie y yo estamos juntos otra vez. Adonde quiera que vaya, yo también iré.

Mi pecho se infla de emoción cuando Hattie ata la correa a mi collar. El Señor Busca-y-trae y La Señora Comida se dirigen a la puerta cargando maletas. Halo a Hattie tratando de seguirlos por el pasillo hasta entrar al elevador. Descendemos... todo el camino... hasta abajo. ¡*Ding*!

Cuando llegamos al auto, Hattie abre la puerta. Entro antes de que nadie pueda detenerme. Le lamo la mejilla a Hattie. Está húmeda y salada a la vez.

—Todo está bien. Aquí estoy yo para protegerte —ladro—. Ya nada malo puede pasar.

Transitamos en el auto durante Mucho, Mucho Tiempo. Me apoyo en el pecho de Hattie y logro sacar la cabeza por la ventanilla. El camino ahora es más lento y lleno de baches. Con árboles de hojas frondosas, aromas floridos y un aire de brisa.

El auto entra a un parque con mucha hierba y se detiene. Entonces, El Señor Busca-y-trae sonríe y le agarra la mano a La Señora Comida.

Mis patas no dejan de golpear la ventanilla.

—¡Déjenme salir!

Hattie agarra la correa y salimos disparados del auto. Restriego el hocico en la refrescante hierba. Huele a animales salvajes: ardillas, aves exóticas..., no a palomas.

Alzo la cabeza y las orejas y escucho atentamente. No oigo el ruido del tráfico, de las bocinas, de la música que sale de otros autos o de establecimientos. Todo lo que oigo es el piar de los pájaros y el chillar de las ardillas. Oigo el ruido de un motor en la distancia. Humanos pequeños gritan al final de la calle. ¿Qué clase de lugar es este?

El Señor Busca-y-trae y la Señora Comida toman un estrecho camino que conduce a una casa. Parecen muy contentos, como si fuese la casa más bella que hubiesen visto jamás.

Hattie me hala de la correa justo cuando estoy haciendo pis, y subimos los escalones de la entrada tras ellos. Parece que ella también está ansiosa por inspeccionar la casa.

¡Vaya! Lo que sea que haya dentro debe ser algo maravilloso. ¡Como un montón de huesos! ¡O un trozo de carne!

El Señor Busca-y-trae abre la puerta y todos corremos adentro llenos de ansiedad. ¡Hurra! ¡Hurra! ¡Yo también quiero ver!

Doy varias vueltas alrededor de las piernas de Hattie mientras desata la correa.

—¡Apúrate, Hattie! —ladro—. Tengo que averiguar por qué es tan especial este lugar.

Miro por todas partes y lo único que veo es un espacio grande y vacío. No huele a nada interesante: huele a aire viciado, pintura fresca y alfombra nueva. Seguro que lo mejor está por llegar, ¿cierto?

Comienzo a rastrear con el hocico pegado al suelo. Entonces, me echo a correr por el pasillo de la entrada: una Perfecta Pista de Carreras que ojalá nunca terminara. Pero entonces hago un giro brusco y entro a un lugar brillante y reluciente donde el piso se siente diferente. Más liso. Más resbaladizo.

De repente, el piso parece que se mueve. No logro mantenerme firme. Resbalo sin poder controlar mis patas. Y, de repente, *¡pum!* Choco contra algo alto, reluciente, que hace un leve zumbido. *¡Ay!* ¿Qué pasó?

En esto aparece Hattie.

—¡Fenway! —grita preocupada. Se agacha a mi lado.

Me acaricia la cabeza y me susurra suavemente al oído.

La Señora Comida entra y se agacha a nuestro lado. Levanta mis patas y las inspecciona cuidadosamente como si buscara pulgas.

Bajo la vista y le gruño al Malvado Piso. Vaya ataque furtivo. Me agarró desprevenido.

Mi derrota es vergonzosa. No me atrevo a mirar a Hattie o a La Señora Comida. Me limito a mirar alrededor de la habitación. Me recuerda el Lugar de Comer de casa. Solo que este es mucho más grande. Y vacío. Y lo peor de todo es que no huele como debe oler un Lugar de Comer. Huele mal. Huele a detergente.

Esto solo puede significar una cosa: no hay comida.

La Señora Comida se para y se dirige a la encimera. Comienza a abrir estanterías como si buscara algo. Y a juzgar por su sonrisa, parece que lo ha encontrado.

Hattie continúa acariciándome la espalda y dándome besos en el cuello. Por lo menos mi pequeña humana comprende lo serio de la situación. Me rodea con los brazos y descansa la cabeza sobre mi espalda.

El Señor Busca-y-trae entra dando grandes pasos, como si se creyera el dueño del lugar. ¡Caramba! ¿Por qué los humanos no tienen dificultad para caminar sobre este piso? ¿Será que el Malvado Piso solo aterroriza a los perros? El Señor Busca-y-trae se acerca a La

Señora Comida y la abraza por la cintura. Ella le dice algo, y él se aparta sorprendido.

Se vira hacia mí con cara de sorpresa. Como si acabara de darse cuenta de que esa patética cosa arrinconada es un perro. Se acerca y me hace una caricia:

—¿Todo bien, amigo?

Después, levanta a Hattie en alto. Ella estalla en un ataque de risa.

¿Cómo pueden divertirse en una situación como esta?

Bueno, de algo estoy seguro: no voy a quedarme cruzado de patas esperando un nuevo ataque del Malvado Piso. Pero ¿cómo voy a poder salir de aquí? Necesito un plan, aunque es difícil pensar con la cola caída y las orejas plegadas. Fijo la vista en mis humanos que claramente están ocupados en otras cosas. El Señor Busca-y-trae no para de abrazar a Hattie, y La Señora Comida está delante de la estufa dándole vueltas a las perillas, a pesar de que no hay nada para cocinar.

Sin ninguna idea brillante o posibilidades de ayuda, trato de enderezarme, pero apenas logro ponerme de pie. Fijo las garras y trato de dar un paso. ¡Pero las patas se me doblan y me resbalo!

Me pongo de pie nuevamente jadeando como un cobarde. Tenso el cuerpo y lo intento una vez más..., pero..., ¡plaf!, caigo de golpe sobre la siniestra y lustrosa superficie.

Es algo verdaderamente malévolo.

No puedo quedarme tirado aquí. Debo buscar la manera de escapar. Lo intento una y otra vez deslizándome y resbalándome todo el camino. Finalmente logro atravesar la puerta y llegar hasta el confort y seguridad de la alfombra. ¡*Uf!*

De nuevo en el pasillo, aprovecho para recuperar el aliento. ¡Por suerte, todo ha pasado ya! Pero en ese momento, El Señor Busca-y-trae me mira y evidentemente decide que es hora de jugar.

Se queda un rato mirando a Hattie. Luego, se sienta de cuclillas y comienza a darse golpecitos en las piernas.

—Fenn-waay —llama, sus ojos fijos en mí.

¿Qué le pasa? ¿Pensará que me he olvidado del Malvado Piso?

Debe haber un lugar donde pueda esconderme. Con la cola entre las patas, corro y doblo en una esquina. Descubro unos escalones que llegan tan arriba que no puedo ver dónde terminan. Pero seguro que terminan en algún lugar, y cualquier lugar es mejor que el Lugar de Comer en ese Malvado Piso. Y, como un relámpago, llego hasta arriba.

Y alguien me sigue. ¡Es Hattie! Conozco el sonido de

sus inconfundibles pisadas. Quiere jugar a «atrápame si puedes», ¡nuestro juego preferido!

—¡Hattie, no puedes atraparme! —ladro.

Doy la vuelta y corro escaleras abajo. A Hattie le gusta tanto este juego que a veces dejo que gane. Pero hoy no es uno de esos días.

¡Uf! Cuando llego abajo estoy jadeando. Pero cuando giro la cabeza para mirar hacia arriba..., ¿dónde está Hattie?

Debo ir a buscarla. Subo corriendo escalón a escalón. Tengo la lengua fuera, el cuerpo me tiembla, pero al fin llego hasta arriba.

—¡Hattie! ¡Hattie! —ladro. Un poco de agua es lo que en realidad necesito.

¡Pero antes que nada tengo que encontrar a Hattie! Hocico a la alfombra, sigo el rastro de menta-vainilla por un pasillo diferente. Este tiene varias puertas. Un cuarto, otro y otro..., todos enormes. Y vacíos.

Excepto el último cuarto, que no está vacío: ¡Hattie está dentro! Cerca de la ventana. ¿Busca algo afuera?

—¡Hurra! ¡Hurra! —ladro, y entro corriendo—. ¡Te encontré!

—¡Fenn-waay! —Se vuelve, se agacha y me coge en sus brazos—. ¡Amigos inseparables! —dice acariciándome la piel con su cara.

Lamo su barbilla.

Damos vueltas alrededor del enorme cuarto vacío. Hattie extiende un brazo como si quisiera mostrarme lo maravilloso que es.

A ver... No es que huela a nada interesante. Y no hay absolutamente nada dentro. Ni siquiera un solo juguete.

Hattie me abraza más fuerte, dando vueltas y vueltas alrededor de la habitación. ¿A qué viene tanta alegría?

Justo entonces, ¡*ding-dong!*, llega un sonido desde abajo.

¡El timbre de la puerta! Me escurro de los brazos de Hattie. Corremos por el pasillo y bajamos las escaleras.

—¡Alguien ha llegado! ¡Alguien ha llegado! —ladro.

El Señor Busca-y-trae y La Señora Comida están en la puerta de entrada. ¡Afuera hay un Camión Ruidoso!

A pesar de mis estrepitosas advertencias, El Señor Busca-y-trae les abre el paso a unos Gigantes Desconocidos. Cargan cajas muy grandes, y huelen a café y a sudor, igual que... ¡Caramba!, ¡pero si son los mismos Humanos Malvados que se robaron todas nuestras cosas!

El Señor Busca-y-trae los recibe como si pertenecieran aquí. La Señora Comida va de cuarto en cuarto dándoles órdenes.

—¡Váyanse! No queda nada aquí por robar —gruño—. ¡Ya se lo llevaron todo!

Pero en lugar de agradecer mi trabajo, El Señor Busca-y-trae huele como si estuviese enojado. Me arrastra lejos de la puerta. Como siempre, no se entera de nada.

—¡Hattie! —grita enojado.

¡Vaya! ¿Acaso piensa que ella es la que tiene la culpa en este asunto?

—Fenn-waay —llama Hattie con voz juguetona, como si nada peligroso ocurriera. Me alza y me toma en sus brazos.

—Déjame que yo me encargue de esto —ladro tratando desesperadamente de liberarme—. Soy un experto en esto.

Pero me aguanta con firmeza dirigiéndose a la parte de atrás de la casa. Y cuando abre la puerta del porche, apenas puedo creer lo que veo.

Capítulo 3

Hattie deja escapar un pequeño chillido
como si ella también se sorprendiera. Justo detrás de la
casa hay un espacio al aire libre con césped y un árbol
gigante. Hay arbustos todo alrededor. Mi cola comienza
a moverse desenfrenadamente. Todo esto solo puede
significar una cosa: ¡un Parque de Perros!

Pero está un poco vacío. ¿Y dónde está ese plato
grande de agua para chapotear? ¿O los bancos para
subirse?

Además, hay mucha tranquilidad. Demasiada tranquilidad. Levanto el hocico al aire, pero todo lo que me
llega es un olor a hojas, hierba y flores. ¿Dónde están los
perros juguetones? ¿Acaso somos los primeros en llegar?

Miro hacia atrás, en dirección a la puerta. ¿Dónde

está El Señor Busca-y-trae? ¿Quién va a lanzar la pelota para que Hattie y yo vayamos a buscarla?

Qué curioso es este lugar. ¡No cabe duda de que hay que explorarlo!

Me escurro de los brazos de Hattie y aterrizo en el porche. Me persigue por los escalones. ¡Yupi! ¡Es hora de jugar!

Corro alrededor del Parque de Perros, zigzagueando de un lado a otro. ¡Si Hattie quiere atraparme, tendrá que ponerse a la altura del campeón!

Pero cuando doy un giro rápido, Hattie no está detrás de mí. Está en medio del Parque de Perros dando volteretas en el césped. ¿Será un nuevo juego? Me acerco y le lamo la cara.

Se deja caer de espaldas muerta de risa. Me echo a su lado y le acaricio la barbilla con el hocico.

—¡Arriba, Hattie! ¡Es hora de jugar! —ladro.

Cierra los ojos y tararea. Se siente muy a gusto como para levantarse.

Está claro que tengo que convencerla de otra manera. ¡Sé exactamente cómo hacerlo!

Hocico al suelo, salgo en busca de un palo. No he avanzado mucho cuando, de repente, me doy cuenta de algo: no he olfateado ningún mensaje de otros perros. ¡Qué raro!

Me detengo para dejar uno o dos mensajes y que otros perros sepan que estoy aquí listo para jugar. Justo en el momento en que estoy regando un lugar estratégico, me distrae el horrible olor de un roedor. ¡Una ardilla!

Alzo la vista y me topo con un cuerpo rechoncho y asqueroso. Está sentada muy oronda en el Parque de Perros con la cola erizada para indicarme que este es su territorio.

Alzo la cola y corro hacia ella para mostrarle quién es el mandamás.

Pero no logro intimidarla. Se queda sentada en el césped mirándome fijamente. ¿Es que no me toma en serio?

Le muestro los dientes listo para abalanzarme sobre ella. Estoy a punto de agarrarla por la piel cuando, de pronto, gira y sale disparada como un cohete en dirección a la cerca de atrás. Le piso los talones.

—¡Un Parque de Perros es para perros! —ladro.

Corre y se sube a mitad del tronco del árbol gigante; se detiene a medio camino para mover la cola y burlarse.

—¡*Chiii, wiii, chiii!* —chilla retándome a seguirla.

Me abalanzo y comienzo a darle zarpazos al árbol, pero la ardilla está fuera de mi alcance.

—¡Cobarde! —ladro. Empiezo a dar vueltas

alrededor del gigantesco árbol, cada pelo de mi espalda se eriza en advertencia.

La ardilla se vira y se desliza un poco por el tronco desafiándome:

—¡*Chiii, wiii, chiii!* —chilla nuevamente.

Salto una y otra vez arañando la corteza con mis garras.

—¡Lo llaman un Parque de PERROS por alguna razón! —gruño.

Pero en lugar de salir huyendo, se acerca cada vez más, desafiándome con sus ojos pequeños y fulminantes.

¿Sabrá con quién se enfrenta? Salto cada vez más alto, ¡mis mandíbulas a punto de atraparla!

Finalmente comprende la situación. Y trepa hasta lo más alto del árbol.

La observo hasta que desaparece entre las crujientes ramas. Estoy a punto de gritarle: «¡Hasta la vista, amiga!», cuando, de repente, veo una cola que sale por... ¿una ventana?

Me echo hacia atrás para ver mejor. Arriba, en la copa del árbol, sobre las ramas, hay una casita más o menos del tamaño de Hattie. ¿Una madriguera que se parece a una casita? ¡Vaya! Las ardillas de este lugar son más astutas que las de casa.

Por lo menos esa odiosa ardilla está donde pertenece.

—¡Prepárate para la próxima, sabandija! —digo gruñendo.

¡Caramba! ¡Estoy agotado de tanto esfuerzo!

Me doy la vuelta para ir a buscar a Hattie, pero veo que viene de camino. ¡Yupi! Conozco esa mirada, ¡quiere jugar!

Agarro el palo más cercano y corro directamente hacia ella. Pero, en el último momento, ella se desvía repentinamente. ¡Ajá! ¡El juego ha comenzado!

Corro a lo largo de la cerca lateral; entonces oigo un ruido que me hace parar en seco. *¡Tintín! ¡Tintín! ¡Tintín!*

¡Hurra! ¡Hurra! ¡Llegan más perros! Miro a través de los listones.

Casi no puedo creer lo que veo. Dos perros, en otro Parque de Perros. ¿Dos Parques de Perros, uno al lado del otro? Ellos también me han visto, porque el golden retriever deja de perseguirse la cola y se acerca corriendo. El otro perro lo sigue.

Sus hocicos olfatean afanosamente, husmeándome lo mejor que pueden a través de la cerca. Son dos perras. La más pequeña es casi toda de color blanco, igual que yo, con motas negras.

Ser inspeccionado por un par de damas no es nada malo, pero después de un largo silencio, puede ser un poco... humillante.

Dejo caer el palo.

—Parece ser un Parque de Perros interesante el de ese lado —digo—. No sé si lo saben, pero de este lado también hay uno.

La perra blanca abre la boca como si quisiera decir algo, pero la perra dorada se le adelanta:

—¿Un Parque de Perros? —dice como si no pudiera dar crédito a la noticia.

—Sí, dos, uno al lado del otro. ¿No es extraño? Pienso que nadie conoce este. Posiblemente lo he descubierto yo.

—¿Quieres decir... —dice la perra dorada— que en realidad tú piensas que has descubierto...?

—Goldie, déjalo en paz —dice la perra blanca amablemente. Se vuelve hacia mí y señala—: Jovencito, no eres de por aquí, ¿verdad?

—En realidad, no, pero... ¿Goldie? —Miro a una y luego a la otra—: ¿Dijiste Goldie? Qué coincidencia. Mis humanos tenían un pececito dorado que se llamaba igual.

—Disculpa, ¿acaso me comparas a un pez? —dice Goldie un poco molesta.

—No, jamás. Nunca haría algo así. —Me escabullo y dirijo mi atención a la otra perra. No es tan grande como Goldie, pero es más grande que yo.

—Estoy segura de que no lo harías —dice la perra blanca.

Incluso a través de la cerca puedo oler que es simpática.

—No le hagas caso. Permíteme presentarme. Me llamo Patches.

Patches. Qué nombre tan bonito. Y su voz es encantadora.

Goldie le lanza una mirada severa a Patches.

—Joven, ¿por qué no nos cuentas algo de ti? —pregunta Patches.

—Me llamo Fenway. Vivo en un apartamento bien alto. Alejado del ruido de las bocinas y del traqueteo de los autobuses. Junto a la acera que conduce a un Parque de Perros de verdad. ¿Lo conocen?

Patches ladea la cabeza, como si no estuviera segura de haberme entendido.

—Este, no...

—Es un lugar fantástico. Créanme.

—Creo que debemos escucharlo —dice Goldie—. Parece que sabe de lo que habla.

—Bueno —digo—. Este maravilloso Parque de Perros dejará de ser un secreto pronto. ¿Por qué no vienen a conocerlo?

Goldie y Patches intercambian miradas mostrando cierta inseguridad.

—Anímense —digo—. Mi pequeña humana y yo vinimos aquí a jugar. ¿Quieren acompañarnos? Será muy divertido.

Goldie se echa y comienza a rascarse:

—¿Estás seguro? —pregunta.

—A ver, no es que quiera presumir ni nada parecido. Pero Hattie es la mejor pequeña humana que conozco. Le encanta jugar conmigo. Y aunque somos grandes amigos y siempre hacemos cosas juntos, no quiere decir que ustedes no puedan jugar con nosotros también.

—¿Conque hacen todo juntos? —dice Goldie—. ¿Incluso trepar a los árboles?

—¿Trepar a los árboles? Vaya, esa pregunta me toma por sorpresa. ¿Acaso piensas que somos ardillas?

Patches alza la vista hacia el gigantesco árbol.

—No sé cómo decirte...

—¿Decirme qué?

—¡Fenn-waay! —Se escucha una melodiosa voz sobre nuestras cabezas. Es la voz de Hattie. Pero ¿cómo puede ser? ¿Por qué llega su voz desde el cielo?

Echo el cuello hacia atrás, pero no logro verla. Miro alrededor del Parque de Perros. ¿Dónde se habrá ido?

—¿Hattie? —ladro.

—¡Fenn-waay! —Flota su voz hacia abajo nuevamente. ¿Desde el árbol?

Miro hacia arriba, a través de las frondosas ramas. Allí, en la pequeña casa de la ardilla... un rostro se asoma a la ventana..., una mano saluda... Se parece a Hattie. Suena como Hattie. Pero Hattie no trepa a los árboles. ¿Cómo llegó hasta allí?

—¡Fenn-waay! ¡Fenn-waay! —vuelve a gritar como si yo no la hubiese oído las otras veces.

—¡Hattie! —ladro corriendo hacia el árbol—. ¿Qué haces allá arriba?

Ella sonríe y continúa saludándome. Parece feliz allá arriba, en la casa de la ardilla.

Algo no está bien.

—¡Baja! ¡Baja ya! —ladro una y otra vez.

Hattie se apoya en la ventana; sus brazos descansan sobre el alféizar. Me mira fijamente desde arriba. Sabe perfectamente que no puedo subir hasta donde ella está.

Me retiro estremecido sin lograr comprender la situación.

—Si es verdad que a ella le gusta jugar contigo —dice Goldie—, entonces, ¿qué hace allá en la copa del árbol? No me digas que ella piensa que la vas a seguir hasta allá arriba.

—A ver —alecciona Patches—. Es evidente que a ella le cae bien.

—¡Bah! —murmura Goldie.

—Vete a saber —dice Patches—. A lo mejor en menos de un segundo ella baja para jugar con él.

Pero no baja. Me hundo en la hierba. ¿Para qué vinimos aquí? Los Parques de Perros son para jugar. Hattie está arriba, en el árbol gigante, y no llegan otros perros al parque. Nada de esto tiene sentido.

Me cubro la cara con las patas. ¿Cuándo nos vamos a casa?

Capítulo 4

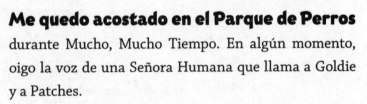

Me quedo acostado en el Parque de Perros durante Mucho, Mucho Tiempo. En algún momento, oigo la voz de una Señora Humana que llama a Goldie y a Patches.

—Hasta pronto, Fenway —oigo decir a Patches. Pero ni siquiera respondo.

Finalmente, mis oídos detectan un Camión Ruidoso que cobra vida y pasa rápidamente. La puerta del porche se abre y aparece La Señora Comida. Su rostro refleja sorpresa. Mueve la cabeza de un lado a otro:

—¿Hattie? —llama.

Un susurro de hojas flota desde unas frondosas ramas y, de repente..., ¡aparece Hattie! Desciende del árbol gigante igual que lo hace El Señor Busca-y-trae cuando baja por una escalera. Por primera vez me doy cuenta de que unos listones de madera están sujetos al tronco del árbol. Cuando mi pequeña humana casi ha llegado al suelo, doy un salto.

—¡Hattie! —ladro saltando sobre sus piernas—. ¿Es hora de jugar?

Aparentemente, no. Se escurre y pasa corriendo a mi lado hasta llegar al porche, donde está La Señora Comida. Corro tras ella.

Pero, tan pronto atravesamos la puerta, algo es diferente. La casa ya no está vacía. Me dirijo a la habitación grande de la entrada. Enseguida me llega un olor conocido: a los calcetines de El Señor Busca-y-trae, a periódicos y a papitas fritas, igual que en nuestra Sala de Estar de casa. Incluso hay un sofá que huele exactamente igual al que La Señora Comida no deja que yo me suba. Pero ¿cómo ha llegado hasta aquí?

Asomo la cabeza a otra habitación y veo a El Señor Busca-y-trae que está abriendo cajas. Corro por el pasillo y husmeo en el Lugar de Comer. La Señora Comida también está atareada abriendo cajas. ¿Dónde está Hattie?

Sigo su olor hasta llegar a las escaleras. Subo corriendo y recorro el pasillo hasta encontrar la habitación donde ella estaba antes.

¡Ahí está! Ella también está sacando cosas de las

cajas: ropa, zapatos y juguetes. Debe estar muy ocupada porque cuando entro ni siquiera levanta la vista. Salto a una cama que no estaba ahí antes. Huele a menta y a vainilla, como la cama de Hattie. Me hago un ovillo y cierro los ojos.

Lo próximo que sé es que un sonido alarmante llega desde abajo y me despierta.

¡Ding-dong! ¡Ding-dong!

¡Es el timbre de la puerta!

Oigo la voz de El Señor Busca-y-trae, y luego el ruido de la puerta de entrada que se cierra. ¿Intrusos otra vez? Salgo disparado de la cama y corro escaleras abajo, adelantándome a Hattie.

En el instante en que mis patas tocan el último escalón, un delicioso aroma llena mi hocico. Huele a queso derretido, salsa y salchichón, lo que solo puede significar una cosa: *¡pizza!*

¡Yupi! ¡Me encanta la *pizza*! Sabía que algo maravilloso iba a suceder.

—¡Hattie, buenas noticias! *¡Pizza!* —ladro mientras corremos por el pasillo.

Pero cuando ella entra al Lugar de Comer, yo me quedo atrás, en la seguridad de la alfombra. Meto el hocico por la puerta y aspiro un aroma delicioso y penetrante. Mi lengua no deja de babear.

Hattie y El Señor Busca-y-trae están sentados en una

mesa, igual a la del Lugar de Comer de casa. La Señora Comida destapa una caja delgada y coloca trozos de *pizza* humeante en platos de cartón.

Quiero correr hacia donde Hattie se sienta y esperar a que caigan deliciosos trocitos de salsa y queso. Pero, desafortunadamente hay un Problema Muy Grande.

El Malvado Piso.

La *pizza* huele deliciosa, y mi estómago tiene tanta hambre que debe haber alguna manera de poder llegar junto a Hattie y echarme a sus pies.

Pongo una pata sobre la superficie siniestra y lustrosa del Malvado Piso. ¡Ay! Me deslizo. Está claro que no le voy a ganar la batalla a este monstruo.

Regreso a la alfombra y me desplomo. Vencido y babeando, asomo la cabeza por la puerta.

—Fenn-waay —llama Hattie como si se hubiese dado cuenta de mi ausencia. Claramente mi pequeña humana no ha comprendido el peligro que acecha bajo sus pies. Me mira con tristeza.

—¡Ooooh! —exclama con voz lastimera.

—¿Podemos comer *pizza* aquí en el pasillo? —digo gimoteando.

Hattie parece inclinada a hacerlo, pero La Señora Comida tiene otros planes. Se levanta y va directamente a una de las cajas grandes. Saca un plato que se parece al mío. Mi estómago comienza a rugir.

La Señora Comida agarra una bolsa que reconozco enseguida. Inmediatamente comienzo a jadear. Saca una cucharada, y el ruido de la comida que cae en el plato se escucha con claridad.

¡Hurra! ¡Es hora de comer!

Me levanto como un tiro sorbiendo en anticipación.

—¡Estoy listo! ¡Más que listo! —ladro.

Pero, en un segundo, esa maravillosa escena se convierte en algo espeluznante. La Señora Comida coloca mi plato sobre el Malvado Piso y regresa a su asiento. Hace un leve movimiento con la cabeza hacia Hattie.

—Fenn-waay —llama Hattie con cierta ansiedad. Señala mi plato como si yo no lo hubiese visto.

¿Por qué hace eso?

—Fenn-waay —llama otra vez. Pero nada ha cambiado. Mi plato sigue en el Malvado Piso. ¿Por qué se empeña en torturarme?

Me desplomo en la alfombra, mi estómago ruge con fuerza. La Señora Comida y El Señor Busca-y-trae acarician el brazo de Hattie como si la reconfortaran. ¡A ver, yo soy el que necesita que lo reconforten!

Debe haber una manera de llegar a la comida.

Hattie vuelve la atención a la *pizza* que come, pero no deja de mirarme con lástima. Y, de repente, sé lo que tengo que hacer.

Me estiro y asomo la cabeza por la puerta. Pongo cara de pena.

—Dejen de atormentarme —gimoteo.

Me acerco un poco más y emito un gran gemido.

Hattie hace un leve movimiento de cabeza. Parece como si su corazón se rompiera en pedazos.

Me dejo caer de barriga, las patas extendidas hacia el frente. Gimoteo una y otra vez sin parar.

—Sé que quieres ayudarme, Hattie. No querrás que me muera de hambre. ¿Verdad?

Veo por sus ojos que comienza a ceder. Entonces lo intento una vez más.

—Oh, por favor, por favor, Hattie —digo con un gemido. ¡Tengo mucha haaaambre!

¡Funciona! Hattie se levanta de la silla y agarra el plato del Malvado Piso. Bajo la mirada de reproche de El Señor Busca-y-trae y de La Señora Comida, lleva el plato al pasillo.

Pero, antes de que coloque el plato en el piso: ¡ñam, ñam! ¡Delicioso! ¡De rechupete!

Durante los próximos segundos me pierdo en un mundo suculento, delicioso, hasta que en un abrir y cerrar de ojos, el plato queda completamente limpio.

Suelto un pequeño eructo de satisfacción. Sabía que mi pequeña humana vendría al rescate.

Las ventanas se han oscurecido y estoy arriba, en el cuarto de Hattie descansando en la cama. Me echo sobre la acogedora manta listo para que me cepille antes de dormir.

Hattie aparece sonriendo con un fuerte olor a menta, igual que todas las noches. Me da un beso en la pata marrón y luego otro en la pata blanca; después me baña el cuello a besos.

Le lamo la mejilla y ella sonríe.

Agarra el cepillo, se sienta a mi lado y comienza a cantar con su dulce voz *Amigos inseparables*.

¡Ah! Con cada movimiento del cepillo, mi cuerpo entra en éxtasis. Me viro hacia el otro lado mientras Hattie continúa cepillándome y cantando. Cuando me cepilla la barriga, mis patas traseras se mueven con deleite.

A medida que se va oscureciendo la habitación, siento los párpados cada vez más pesados. Los cierro momentáneamente cuando, de pronto...

Estoy afuera, cerca del árbol gigante. ¿Qué es ese olor tan horrible? Es algo... asquerosillo.

¡Allí está! Esa repugnante y grotesca ardilla está sentada en medio del Parque de Perros. Solo que ahora se ve más gorda y asquerosa que nunca. ¡Su barriga es más grande que

todo mi cuerpo! ¡Y tiene unos colmillos afilados y babosos!

¡Qué asco!

Busco refugio en el arbusto más cercano, pero es tarde. Me ha visto.

—¡Chiii, wiii, chiii! —*chilla moviendo su enorme cola y corriendo hacia mí a toda velocidad.*

—¡Lárgate de aquí..., rata asquerosa! —*ladro con todas mis fuerzas.*

Pero aparentemente no me escucha, porque viene directo hacia mí cuando, de repente...

¡Crrrrack! ¡Brrrruuuummmm!

¡Caramba! ¡Qué ardilla más ruidosa!

Entonces abro los ojos y desaparece. Y estoy de vuelta en la acogedora cama de Hattie.

Afuera una luz relampaguea. La lluvia golpea la ventana. ¡Se ha desatado una tormenta!

¡Con rayos y truenos!

Hattie se endereza, tiene los ojos abiertos como platos. Abraza el oso-que-una-vez-fue.

Temblando, me acurruco a su lado. Rozo el muñeco con el hocico, y Hattie me acaricia la espalda.

—Amigos inseparables —susurra.

Suspiro de felicidad. Hattie y yo juntos, tal y como debe ser. Estamos a salvo en casa.

Capítulo 5

Afuera es de día cuando se escucha el timbre de la puerta. ¡Intrusos!

—¡Cuidado! —ladro, y corro en dirección a la puerta—: ¡Un feroz perro está patrullando!

A pesar del peligro inminente, El Señor Busca-y-trae abre la puerta de entrada.

Una Señora Humana está de pie. A su lado hay una pequeña humana aproximadamente del mismo tamaño de Hattie. Usa una gorra como la de El Señor Busca-y-trae, salvo que de la parte de atrás cuelga una cola de pelo rizado.

—Hola —dice alegre la Señora Humana. Sostiene una cesta que huele a panecillos recién horneados. ¡Y a canela!

—¡Hurra! —ladro corriendo en círculos—. ¡Panecillos! ¡Me encantan los panecillos!

La Señora Panecillo sonríe y conversa por un rato. «Ve-cina» le oigo decir.

La Señora Comida se acerca y se une a la conversación. Oigo que dice la misma palabra: «ve-cina». Les da la bienvenida y las invita a pasar.

Salto a sus piernas olfateando frenéticamente. La pequeña humana huele riquísimo: a chicle de bomba, al guante de piel grande de El Señor Busca-y-trae y a... ¡perros! Huele a golden retriever y a otra raza que no logro identificar. La Señora Panecillo tiene un olor fuerte a perros. Perros conocidos...

La Señora Comida le sonríe a La Señora Panecillo como si la conociera de toda la vida.

¿He mencionado que sostiene una cesta con panecillos?

¡Huele a pan recién horneado con canela! Doy brincos y saltos apoyando las patas sobre sus rodillas.

La Señora Panecillo se sobresalta, pero ni un solo panecillo cae de la cesta.

—¡FEN-way! —dice El Señor Busca-y-trae contrariado.

La Señora Panecillo se encoge de hombros.

«Cachorro» le oigo decir a El Señor Busca-y-trae.

La Señora Panecillo sonríe y dice: «Revoltoso». Lo

que quiere decir que le caigo bien, porque se inclina y me rasca detrás de las orejas.

Mis humanos parecen asombrados. ¿Acaso piensan que los perros no pueden hacer amistades? La Señora Comida agarra la cesta con ambos brazos, como si tratara de protegerla. El Señor Busca-y-trae va hacia la escalera y llama a Hattie.

¿Por qué no pensé en eso?:

—¡Hattie! ¡Hattie! —Corro a las escaleras—. ¡Buenas noticias! ¡Panecillos!

Hattie baja y entra a la Sala de Estar. La sigo moviendo la cola sin parar.

El Señor Busca-y-trae le pone una mano sobre el hombro y dice:

—Hattie.

La Señora Panecillo sonríe y toca la gorra de la pequeña humana:

—Ángela —dice ella.

Ángela mira a Hattie. Susurra algo como un saludo y enseguida baja la mirada.

Hattie se acerca sonriendo con anticipación. Pero cuando Ángela no levanta la vista, Hattie parece desilusionada.

A continuación, La Señora Comida hace pasar a todos por la Pista de Carreras hasta el Lugar de Comer. Todos, menos yo.

Me echo en la alfombra afuera, a la entrada. Los humanos se sientan alrededor de la mesa. Todos conversan, se divierten y disfrutan de los ricos panecillos. Puedo oler el delicioso aroma de canela. Mis ojos detectan migajas de pan cerca de los pies de Hattie. Siento retortijones en el estómago.

—Yo también tengo hambre —gimo mirando a todos con ojos tristes—. ¡A mí también me gustan los panecillos!

La Señora Panecillo y Ángela se me quedan mirando con sorpresa, como si nunca antes hubiesen visto a un perro hambriento.

Hattie agarra un panecillo y se levanta. ¡Aquí viene! Me levanto lleno de expectativa. Se me hace la boca agua.

Pero La Señora Panecillo hace un gesto con la mano, y Hattie regresa a su asiento.

—¿Adies-tramiento? —pregunta La Señora Panecillo.

La Señora Comida y El Señor Busca-y-trae parecen un poco avergonzados. El Señor Busca-y-trae se encoge de hombros.

—Muy ocupados —dice La Señora Comida.

No entiendo lo que pasa. Pero sea lo que sea no puede ser nada bueno porque Hattie ha desistido de traerme el panecillo. Entonces, se me queda mirando fijamente, se inclina y me llama con voz dulce: «Fenn-waay».

¿Se habrá vuelto loca? ¿De verdad piensa que voy a entrar al Malvado Piso?

Me retiro, no sin dejar de mirar a mi pequeña humana.

La Señora Panecillo le toca el brazo a Hattie y asiente en señal de aprobación.

Hattie corta un trozo de un panecillo:

—Fenn-waay —llama aún con más dulzura.

El panecillo luce delicioso. Me dejo caer en la alfombra; mi estómago no deja de rugir. Hattie nunca se comportaría así. Ella me lo traería.

Todo es horrible. Y encima se divierten sin mí. Debe haber algo que yo pueda hacer.

Me levanto y comienzo a dar vueltas tratando de pensar. Y antes de darme cuenta, estoy delante de la puerta del porche. ¡Ajá! ¿Cómo no lo pensé antes?

—¡Rápido! ¡Rápido! —gimo dando saltos contra la puerta de tela metálica—. ¡Déjenme salir! ¡Ahora mismo!

¡Funciona! Hattie y Ángela llegan a mi lado. Abren la puerta y salimos.

Las pequeñas humanas saltan los escalones y yo tras ellas. ¡Listo para divertirnos!

La hierba se siente húmeda y fangosa. No hay señales de otros perros, aunque podría ser peor, por lo menos no hay ardillas.

Hattie y Ángela me llevan ventaja, pero yo estoy a

la altura de la carrera. Les piso los talones mientras corren por el césped. Desde luego, preferiría que me persiguieran a yo perseguirlas a ellas, pero a veces es bueno hacer las cosas de manera diferente.

Cuando Hattie y Ángela llegan al árbol gigante, se detienen. Tengo un mal presentimiento. Hattie señala las ramas que están en lo alto. Le muestra una escalera a Ángela y van hacia ella.

Corro hacia ellas, y Hattie comienza a subir.

—Ven —le dice ella a Ángela.

Ángela sonríe, pero parece dudosa.

Doy saltos tocando con la pata el primer peldaño.

—Eso no vale, Hattie —ladro—. No puedo perseguirlas allá arriba.

—Sube —le dice Hattie a Ángela una vez más a medio camino.

Es obvio que va en dirección a la casa de las ardillas. Me dejo caer en la húmeda hierba con un gemido.

Ángela suelta un suspiro y comienza a subir siguiendo a Hattie.

Me quedo mirando mucho tiempo después de que las pequeñas humanas han desaparecido entre las frondosas ramas.

Me dispongo a olfatear por los alrededores cuando mis orejas detectan un maravilloso tintineo. ¡Hurra! ¡Hurra! ¡Llegan más perros!

Me levanto y corro hacia la cerca. A través de los listones veo que dos perros corretean en el Parque de Perros al otro lado.

—¡Hola! —digo.

Los perros paran de dar vueltas y se acercan corriendo.

—¿Fenway? —dice el perro blanco dulcemente.

—Te dije que volvería —le dice Goldie a Patches.

Y compruebo que son las dos damas de la otra vez. ¿Es que solo ellas visitan ese Parque de Perros? ¿Y por qué nunca vienen a este otro? «¡Vaya memoria!», me digo.

—¿Llevan mucho tiempo viniendo a este lugar?

Intercambian miradas y luego me miran.

—¿Qué quieres decir? Nosotras vivimos aquí —dice Goldie.

Hago un leve movimiento de cabeza:

—¿Viven en un Parque de Perros?

Goldie tiene ahora una mirada irritada, abre la boca, pero antes de que pueda decir algo, Patches dice:

—¿Perseguías a nuestra pequeña humana?

—No, perseguía a la mía. Hattie, ¿recuerdan?

—Desde luego que nos acordamos —dice Goldie con un gruñido—. Amigos inseparables. Hacen todo juntos. ¿No es así?

Patches mira a Goldie, pone los ojos en blanco y se vira hacia mí:

—Me refería a Ángela.

—¡Vaya! ¿Es ella su pequeña humana? —No en balde me olía a golden retriever y... a la clase de perro que Patches sea.

—Bueno, antes sí —dice Goldie.

La miro desconcertado:

—¿Ya no lo es?

—En principio, sí. Pero las cosas han cambiado —dice Patches bajando la cabeza—. Al principio nos divertíamos mucho con ella, como tú con Hattie. Íbamos cerca del río y jugábamos a la pelota.

—Me parece que era una charca y jugábamos al *frisbee* —aclara Goldie.

—El hecho es —dice Patches con la mirada perdida en la distancia— que antes era maravillosa. Pensé que nunca cambiaría.

—Yo sabía que no sería para siempre —comenta Goldie.

—Si mal no recuerdo, tú estabas loca por ella —dice Patches—. Yo también.

—Tenía un gran potencial, como la mayoría de los pequeños humanos —dice Goldie.

—Es realmente descorazonador —dice Patches—.

Los pequeños humanos nunca mantienen el interés en algo por mucho tiempo.

—Triste pero cierto —dice Goldie resollando—. Siguen su camino sin ni siquiera mirar hacia atrás.

—Hoy por hoy actúa como si ni estuviéramos aquí —dice Patches con un pequeño gemido en su voz.

—Se ha olvidado por completo de los buenos tiempos que pasamos juntas... —dice Goldie dando golpecitos con la pata en el césped.

—¡Caramba! ¡Qué decepción! —digo—. Pero no todos los pequeños humanos son así. Hattie es diferente.

—¿Estás seguro? —resopla Goldie.

—No la conoces. Ella es muy leal conmigo. Es la mejor pequeña humana del mundo.

—A lo mejor eso era *antes* —dice Goldie enfatizando la última palabra. Pero parece que las cosas han cambiado...

—¿Qué quieres decir? —digo, y cuando miro hacia lo alto del árbol, encuentro la respuesta. La cara sonriente de Hattie se asoma a la ventana de la casa del árbol de las ardillas. Sin mí. Una enorme roca me aplasta el corazón.

Capítulo 6

Hattie y Ángela se quedan en la casa de
las ardillas durante un buen rato. Me hago un ovillo
en el césped fresco mientras Goldie y Patches se alejan
murmurando.

Espero y espero. Finalmente, se escucha un mur-
mullo de hojas, unas ramas que se mueven y dos pares
de pies que descienden del árbol.

¡Hurra! Comienzo a dar saltos y brincos contra el
tronco del árbol.

—¡Esa es mi pequeña humana! —ladro—. Sabía que
regresaría.

Hattie llega al peldaño justo a la altura de mi cabeza
y salta.

—¡Yupi! —grita ella aterrizando en el césped con una sonrisa.

Ángela parece como si quisiera saltar también, pero cambia de idea y continúa bajando poco a poco.

Sin querer, rozo con la pata la pantorrilla de Ángela y la hago perder el equilibrio.

—¡Oh, no! —grita.

Me aparto mientras aterriza, ¡pum!, en el suelo.

Hattie corre a socorrer a Ángela, la preocupación reflejada en su rostro.

—¡Ay! —grita Ángela.

Se frota la pierna y me mira severamente. Se pone de pie y se sacude la ropa.

—Todo bien —le dice a Hattie.

Hattie se ve más aliviada. A continuación, las pequeñas humanas se dirigen hacia el porche.

Voy tras ellas:

—¡Oigan, esperen por mí!

Ángela se da unos golpecitos en la palma de la mano.

—¿Jugamos a la pelota? —pregunta. Su larga cola de pelo rizado cuelga de la parte de atrás de la gorra como la cola de una ardilla.

Hattie niega con la cabeza:

—¿A saltar la cuerda? —pregunta.

Ángela arruga el ceño:

—No —responde. Se detiene por un momento

pensativa. Se encoge de hombros y desaparece por la puerta.

Hattie lanza un suspiro. Parece decepcionada.

—No te sientas triste, Hattie —ladro dando vueltas alrededor de sus pies—. Estamos en el Parque de Perros. ¡Podemos jugar! —Y corro hacia el césped.

Pero en lugar de perseguirme, pasa a mi lado caminando lentamente.

—¡Atrápame si puedes! —ladro, y me adelanto a ella en dirección al árbol gigante.

Hattie se agarra del primer peldaño y comienza a subir.

Me quedo observando hasta que pierdo de vista su pie. Con la cola entre mis patas, me dejo caer en el césped. El lugar de mi Hattie no es un árbol. El lugar de mi Hattie es este, el césped, persiguiéndome. O alzándome en brazos y cubriéndome a besos. Riéndose, pasándolo en grande. Protestando cuando El Señor Busca-y-trae insiste en que es hora de regresar a casa. Esa es mi verdadera Hattie.

Pero esta Hattie está en lo alto del árbol gigante. ¿En realidad prefiere la compañía de esas malvadas ardillas? ¿Sin su fiel perro para defenderla y protegerla de grandes peligros? ¿Y si algo malo le pasara?

¡Un momento! ¡Ya lo tengo! Comienzo a correr en círculos. ¡Ya sé cómo recuperar a mi Hattie!

Después de todo, soy un profesional. ¡La salvaré de esas peligrosas ardillas! ¡Y de Humanos Malvados! ¿Cómo no lo había pensado antes? ¡Es la Mejor Idea del Mundo!

Entonces se acordará de lo importante que soy y volverá a ser la misma de antes. Volverá a ser la Hattie de siempre. Como debe ser. Doy vueltas y vueltas, cada fibra de mi cuerpo lista para entrar en acción. Esperaré a que se presente la oportunidad. Es solo cuestión de tiempo.

Al día siguiente, sigo a Hattie por toda la casa. Así, cuando se presente el peligro, estaré listo.

Hattie saca la cuerda de saltar de su mochila. Va al Cuarto de Baño, donde La Señora Comida cuelga una cortina. Hattie le muestra la cuerda de saltar:

—¿Por favor? —ruega.

La Señora Comida suspira y niega con la cabeza.

Los hombros de Hattie se encorvan.

Bajamos las escaleras saltando. El Señor Busca-y-trae está en la Sala de Estar golpeando la pared. Hattie lo llama y él se gira hacia nosotros.

Hattie le muestra la cuerda de saltar:

—¿Por favor? —ruega.

El Señor Busca-y-trae suspira también. Le pone una mano sobre el hombro y le habla con dulzura. Logro entender una palabra: «¿Angela?».

Hattie hace una mueca. Parece desanimada.

Sé cómo se siente. De momento, no hay ningún indicio de que corra peligro. Estoy pensando que quizá mi plan para salvarla no va a funcionar cuando, de repente, se oye ese espeluznante ruido que viene de la puerta de entrada.

¡Ding-dong!

Enseguida entro en acción.

—¡Cuidado! ¡Cuidado! —ladro con valentía corriendo hacia donde está el peligro—. ¡Que nadie se acerque a la puerta!

El Señor Busca-y-trae va directo a la puerta como si no me oyera.

—¡Cuidado! —ladro—. ¡Corremos un grave peligro!

¡Ajá! ¡Un grave peligro! Esta es mi oportunidad de salvar a Hattie.

Corro a su lado.

—¡Malas noticias! ¡Todos corremos un grave peligro! ¡No te muevas! ¡Yo te protegeré!

Corro hacia El Señor Busca-y-trae ladrando y gruñendo. Me ignora por completo y abre la puerta como si nada malo sucediera.

—¡Apártate! —ladro—. ¡Esto es para profesionales!

Y, en efecto, frente a nosotros aparece un Humano Malvado con un casco en la cabeza y botas sucias en los pies. Carga un maletín abultado y pesado. Un leve olor revela pastor alemán, postes telefónicos y sándwich de jamón. Con mostaza.

Y eso no es todo: silba, ¡lo que significa peligro!

El Señor Busca-y-trae saluda al Humano Malvado jovialmente, como si estuviera contento de verlo. Lo invita a pasar ignorando totalmente mis gruñidos.

—¡No se atreva! —le ladro al intruso—. ¡No intente dar ni un paso hacia la pequeña humana que está en el sofá!

El Humano Malvado pasa a mi lado como si no escuchara mis ladridos. Va hacia la Sala de Estar, en dirección a Hattie. El Señor Busca-y-trae y yo lo seguimos. Él rechina los dientes y yo muestro los míos listo para morderle los talones si es necesario.

Se detiene frente a la Pantalla Luminosa y la observa por un instante, a pesar de que ahora está oscura. Se agacha y abre el maletín. Saca alambres retorcidos y... ¡siniestras herramientas!

Yo sabía que un peligro nos acechaba.

—¡Ni un paso más! —ladro lanzándome a sus piernas—. Nada de estrepitosos ruidos en mi presencia.

El Señor Busca-y-trae se cruza de brazos.

—Hattie —le dice él de pronto. Ella se levanta y

corre en dirección al mismísimo peligro. ¡El Señor Busca-y-trae está saboteando mi plan! ¿Será posible?

—¡Hattie, apártate! ¡Aquí estoy yo! —ladro a todo pulmón—. Este no es un lugar para una pequeña humana.

Justo entonces siento una mano que me acaricia la cabeza.

—Hola, amigo —dice una voz desconocida pero amistosa.

¡El Humano Malvado! ¿Qué trata de hacer? ¿Despistarme?

—¡Fenn-waay! ¡Fenn-waay! —dice Hattie dando palmadas. Está claro que quiere jugar.

—No ahora, Hattie —ladro—. ¿No ves que estoy ocupado?

Ahora sus palmadas son más fuertes:

—FEN-way —llama Hattie. Esta vez suena molesta.

¿Qué pasa? Esto no es parte del plan.

—Hattie, ¿no ves que trato de protegerte de este Humano Malvado que ha invadido nuestra casa? —ladro y... ¡Guau!

¡De repente, la amenaza hace funcionar su herramienta ruidosa!

Me lanzo a su brazo, pero me detengo a una distancia prudente del ensordecedor ruido.

—¡Guarde eso antes de que alguien se haga daño!

Las manos de Hattie me sostienen por el torso.

—¡FEN-way! —grita.

—¡Hattie, suéltame! —ladro mientras me levanta en brazos y me aleja del Humano Malvado—. ¡Soy yo el que debe protegerte!

Y ese no es el único problema. Hattie huele diferente. Decepcionada. Se vira ligeramente y le susurra algo a El Señor Busca-y-trae. Me saca de la Sala de Estar. ¿Por qué no está contenta de que su fiel perro quiera protegerla?

Sigue caminando hasta la puerta del porche. En cuanto abre la puerta, me doy cuenta de lo que va a pasar. ¡Vamos afuera, al Parque de Perros!

Me deposita en el porche, me mira directamente a los ojos y me señala con el dedo.

—Fenway —dice con seriedad.

Parece que quiere decirme algo importante. Posiblemente que me adora, que es mi mejor amiga y que nunca nada se interpondrá entre nosotros.

Y, entonces, caigo en cuenta: ¡mi plan funcionó! Vamos a jugar, como siempre. ¡Hurra! ¡Hurra! ¡Mi Hattie es la misma!

Pero, entonces, algo terrible sucede. Abre la puerta y entra a la casa. Sin mí.

Capítulo 7

**La Señora Comida está en el Lugar de
Comer,** y el sonido del agua que corre, el ruido de cazuelas, cucharas y cucharones suena a música celestial; un delicioso aroma invade la casa. No puedo evitar que se me haga la boca agua.

Hattie y El Señor Busca-y-trae llegan y se sientan alrededor de la mesa. Yo me quedo en el pasillo, a una distancia prudente, observando la escena a través de la puerta. De repente, veo algo maravilloso: ¡La Señora Comida echa comida en mi plato! Comienzo a dar vueltas y saltos. ¡Yupi! Es hora de comer.

La Señora Comida coloca mi plato en el Malvado Piso y se sienta al lado de Hattie y de El Señor Busca-y-trae. Mis tripas no dejan de hacer ruido, y se me hace la boca agua. ¡No veo la hora de comer!

Hattie mira a La Señora Comida y luego me mira a mí.

—Fenn-way —llama con ilusión.

Conozco la rutina. Ladeo la cabeza y pongo cara de pena. Gimo y lloriqueo.

—Por favor, Hattie. Me muero de hambre...

Hattie mira a La Señora Comida. Sé que quiere alcanzarme el plato.

—No —dice La Señora Comida.

El Señor Busca-y-trae asiente con la cabeza.

—Adiestra-miento —dice.

¿Qué pasa? Se supone que Hattie debería levantarse y traerme la comida al pasillo.

Gimo otra vez.

—Hattie, por favor, Hattie. Hattie, por favoooor...

Mira a El Señor Busca-y-trae, luego a La Señora Comida y nuevamente a El Señor Busca-y-trae. La desesperación se refleja en su rostro. Quiere ayudarme. No entiendo lo que pasa.

Lloriqueo y gimoteo una y otra vez. Me echo boca arriba y gimo aún más fuerte.

—Oh, ¿por qué nadie me da de comer? ¿Hasta qué punto puede un perro soportar este sufrimiento?

Lloriqueo y gimo hasta que mis humanos terminan de comer y recogen la mesa. Hattie me mira y parece que sufre. El sentimiento es mutuo.

Estoy a punto de darme por vencido cuando veo que Hattie sale del Lugar de Comer en dirección al clóset de la entrada. Me alzo para ver lo que hace. Veo que saca su mochila y, lo que es mejor, mi correa. ¡Menos mal que estoy al tanto!

El Señor Busca-y-trae agarra las llaves. La Señora Comida agarra su bolso. Esto solo puede significar una cosa: ¡vamos a dar un paseo en auto! ¡Yupi!

El Señor Busca-y-trae y La Señora Comida conversan animadamente delante. Hattie y yo nos acurrucamos en la parte de atrás. Me habla calladamente, como si me estuviera contando un secreto. Me acaricia una y otra vez.

Mi hocico detecta un fabuloso olor en su mochila. ¡No cabe duda! ¡Su mochila está llena de ricas galletitas! Seguramente que son para mí. No paro de lamer su cara. ¡Todo ha vuelto a la normalidad! ¡Mi Hattie es la misma de siempre!

Cuando el auto se detiene, salgo disparado listo a disfrutar de esas deliciosas galletitas. Y cuando miro alrededor del estacionamiento, veo y huelo un gran revuelo. Muchos perros y muchos humanos, y todos se dirigen a un edificio grande.

¿Un Parque de Perros cubierto? ¡Hurra! ¡Hurra! Halo a Hattie y entramos. ¡Me muero por verlo!

Pero una vez dentro, el ambiente es desconcertante.

Y lo que es peor, todos los perros tienen las correas puestas.

—¿Qué clase de lugar es este? —pregunto cuando nos acercamos a un labrador amarillo.

Una vez que nos reconocemos por el olfato, me dice que su nombre es Lance. Está con un humano alto que huele a hamburguesas.

—No sé, amigo —me dice—, pero en realidad soy un poco despistado.

—Bueno, será algo maravilloso —digo.

Se me queda mirando con una expresión blanca en los ojos.

—¿Eh?

Toco la pierna de Hattie con mi hocico:

—Esta es Hattie, mi pequeña humana. ¡Tiene la mochila repleta de galletitas!

—¿Galletitas? ¡Fabuloso! —dice Lance.

La Señora Comida y El Señor Busca-y-trae conversan con otros humanos. Uno de ellos sostiene a un basset hound de una correa. Tal parece que quisiera echarse a correr. ¿Es que acaso sabe algo que yo ignoro? Nos presentamos. Se llama Rocky.

Vaya lugar raro este. ¡Habrá que explorarlo! Con el hocico pegado al suelo, voy de rincón en rincón, fascinado por la variedad de olores. Cada recoveco huele a perro. Diferentes clases de perros. Huelo a schnauzers, boxers, caniches y otros tipos de perros. Muchos más de los que yo conocía hasta ahora. ¿Será que por aquí han pasado todas las razas de perros del mundo? ¡Vaya lugar! Posiblemente este sea el mejor Parque de Perros, ¡o quizá El Paraíso de Perros!

Sigo olfateando y descubro algo mejor todavía: ¡galletitas! Y no solo los que Hattie tiene en su mochila. ¡Guau! ¡Toda clase de manjares!: queso, hígado, carne... ¡Totalmente alucinante! Empiezo a brincar y saltar sobre Hattie.

—¡Fabuloso! —ladro—. ¿A qué hora comienza la fiesta?

Ella mira de un lado a otro un poco nerviosa. Se cuelga la mochila del otro hombro. ¿Por qué no se muestra más entusiasta? Y lo que es más importante, ¿por qué no me da las galletitas?

Entonces me doy cuenta de que una Humana camina directamente hacia nosotros, como si ella también quisiera galletitas. En tal caso, tendrá que vérselas conmigo.

O quizá no. La energía que emana la Humana es amistosa, aunque su actitud me dice que debo mantenerme alerta. Una combinación peligrosa.

Comienza a hablar y Hattie la trata como si fuera Muy Importante. Ella también dice esa misteriosa palabra: «adiestra-miento».

Hattie sostiene la correa con más fuerza, como si quisiera mantenerme cerca de ella. Hay algo extraño en esta Humana. Aparte del hecho de que huele a una combinación de perros y galletitas, al igual que huele todo este lugar.

De repente, se vira y se dirige a todos como si fuera la máxima autoridad, y los humanos presentes así lo aceptan. Guardan silencio y la miran con atención. Aunque los perros, no tanto.

Rocky clava sus garras traseras en el suelo como cuando lo arrastran al consultorio del veterinario.

El perro beagle más rollizo que he visto jamás, se gira con dificultad hacia mí y me pregunta:

—¿Dijeron algo de galletitas?

—¡Sí! —digo—. ¡Muchas galletitas! Mi olfato no me engaña.

—Estupendo —dice ella—. Pero mejor que no sea a cambio de trabajar. Yo no trabajo.

La miro sorprendido. Me deja saber que se llama Sadie.

La Humana sigue hablando, los otros humanos no dejan de escucharla, y los perros no tienen la menor idea de lo que sucede a su alrededor. ¿En realidad los humanos piensan que nos vamos a quedar tranquilos, esperando pacientemente? Inconcebible.

Todos los perros comienzan a ladrar a la vez.

—Quiero irme a casa —ladra Rocky.

Lance salta sobre las piernas de su humano y casi lo tumba.

—¿Dónde están las galletitas? —ladra.

—Tranquilos, amigos. Tengo el presentimiento de que algo bueno va a suceder —les digo.

Rocky deja de ladrar y me mira incrédulo.

—¿Y a ti quién te nombró Perro Alfa?

—Nadie en realidad —digo un poco abatido—. Pero opino que debemos tener paciencia.

—¿Paciencia? —dice Sadie señalando con la cabeza al nervioso humano que está de pie a su lado—. Cariño, es obvio que no sabes mucho de la vida.

Entonces, la Humana dice la palabra mágica que todos conocemos:

—Galletitas.

Me levanto de un salto y comienzo a mover la cola sin parar.

—¿Ven? —les digo.

—Ya era hora —dice Sadie tratando de ponerse de pie.

—¡Eh! —dice Lance.

Los humanos todos han sacado las galletitas. Pero por alguna razón todos tienen su atención puesta en la Humana, no en sus perros.

Los perros comienzan a saltar y a olfatear los puños

cerrados de los humanos. Teniendo en cuenta la desventaja que tenemos de tamaño, los humanos ganan la partida. Por ahora.

Me viro hacia Hattie, que mantiene el puño cerrado con deliciosas galletitas. Su rostro irradia emoción.

—¿Listo? —pregunta.

—¿Listo? ¡Estoy más que listo! —ladro corriendo de un lado a otro.

Se inclina y me muestra el puño.

—¡Fenway, siéntate!

Salto lo más alto que puedo olfateando como loco. ¡Delicioso! ¡Sé que las galletitas están ahí dentro, en su mano! El olor es indiscutible. Ladro y muevo la cabeza de un lado a otro, pero la mano de Hattie no se abre.

¿Por qué no deja caer las galletitas en mi boca? La expresión del rostro de Hattie no cambia. Nuevamente se dirige a mí:

—¿Listo, Fenway? ¡Siéntate! ¡Siéntate!

—¡Estoy listo! ¡Estoy listo! Salto y brinco moviendo la cola frenéticamente.

¿Qué pasa que no llegan las galletitas?

La emoción en el rostro de Hattie desaparece y baja la mirada.

Si se trata de un juego nuevo, no me parece nada divertido. Para ninguno de los dos. Hattie parece tan decepcionada como yo.

El Señor Busca-y-trae le pasa la mano por el hombro. La Señora Comida asiente con la cabeza para animarla.

Me dispongo a preguntar por qué tienen que animarla cuando todos nos giramos para ser testigos del escándalo al otro lado de la sala. Lance da brincos y saltos contra las piernas de su humano.

—Oye, amigo, ¿dónde están las galletitas? —ladra.

La Humana va hacia ellos. El humano de Lance se echa a un lado pensando que a lo mejor la Humana viene a rescatarlo. Hace una mueca de dolor, o a lo mejor teme lo que va a ocurrir a continuación. Lance se vuelve a mirarnos.

—¿Se puede saber qué miran?

La Humana se para delante de Lance, lo mira directamente a los ojos, y algo cambia por completo. Parece totalmente hipnotizado. Se la queda mirando boquiabierto, como si fuera un hueso de jamón.

—¡Siéntate! —ordena ella.

Lance se sienta sobre su trasero. ¡Y *voilá*! Una galletita cae en su boca. Algo verdaderamente alucinante.

Pero ahí no termina la cosa.

—Quieto —dice la Humana extendiendo el brazo y dando un paso atrás. Lance espera sin mover un solo músculo. Tiene los ojos fijos en ella como si estuviera en trance. De repente, otra galletita vuela por los aires y aterriza en su boca. La acción se repite varias veces.

Todos estamos pensando lo mismo. No puede ser algo tan sencillo. Pero nadie se atreve a moverse.

Me viro hacia Sadie y Rocky.

—Fíjense no más —digo—. Ya sé el truco.

Me pongo delante de Hattie.

—¿Dónde están mis galletitas? —ladro saltando sobre sus piernas.

—¡FEN-way! —exclama Hattie dando un paso hacia atrás.

Siento que todos los ojos están fijos en mí.

—¿Dónde están? —ladro nuevamente.

Justo en ese momento llega la Humana. Un pequeño olisqueo revela que ella también tiene galletitas. Se cierne sobre mí, alta, dominante.

—¡Siéntate! —ordena.

¡Percibo su amenaza! Mis patas traseras se desploman y caigo sentado en el trasero.

Me mira a los ojos.

—Quieto —dice extendiendo el brazo.

Me quedo paralizado. Quiero saltar y agarrar las galletitas. Pero su poderosa mirada y energía no me dejan.

La Humana da un paso adelante.

Sigo petrificado hasta que... *¡Ñam!* La galletita cae en mi boca. ¡Deliciosa!

O este juego es muy fácil o la Humana no es muy lista.

Al anochecer, estamos de vuelta en casa. Me acurruco en la acogedora cama de Hattie. Ella huele a menta y a sosegada.

Me besa las patas delanteras y comienza a cepillarme el pelo. Me acurruco junto a Hattie listo a hundirme en el pozo de felicidad.

Pero algo es diferente. En lugar de cantar *Amigos inseparables*, ella dice algo en el mismo tono de voz serio y callado de antes. Dice que debo prestar atención a algo importante. ¿Pero a qué?

Capítulo 8

Ha amanecido y Hattie se frota los ojos.

¡Yupi, se ha despertado!

Comienzo a lamerle la mejilla; mi cuerpo se estremece de emoción.

—¡Levántate, Hattie! —ladro—. Es hora de jugar.

Sonríe y me acaricia. A continuación, se vira y mira hacia la cómoda donde descansa su mochila.

Se levanta y la agarra. Mi cola comienza a moverse solo de pensar en las galletitas que hay dentro.

Salto de la cama y comienzo a dar vueltas alrededor de sus pies desnudos. ¡Hurra! ¡Hurra! ¡Galletitas!

Hattie agarra un puñado y comienza a dar saltitos sobre la punta de los pies.

—¡Siéntate, Fenway! —dice.

¡Caramba! Me muero por probar esas galletitas. Doy

saltos y brincos olfateando su puño. ¡Ay! Tropiezo con una silla y un montón de ropa limpia cae al suelo.

Mientras Hattie se agacha a recogerla, aprovecho la oportunidad.

¡Ñam! ¡Ñam! ¡Delicioso!

—¡FEN-way! —grita Hattie obviamente disgustada.

No entiendo su reacción. ¿No quería darme las galletitas?

Hattie suspira y comienza a doblar la ropa. Parece que el juego ha terminado. O a lo mejor no...

Un olor a tocino llega del pasillo. ¡Yupi! ¡Me encanta el tocino! Corro hacia la puerta:

—Buenas noticias, Hattie —ladro—. ¡Tocino!

Bajo las escaleras corriendo hacia donde sale el olor a tocino y sonidos crepitantes y chirriantes. Pero en cuanto llego a la puerta del Lugar de Comer, me detengo. De repente, siento un nudo en el estómago. ¡Malvado Piso!

La Señora Comida y El Señor Busca-y-trae están sentados a la mesa, ambos con sus humeantes tazas de café. Aspiro el delicioso aroma a tocino ahumado. ¡Delicioso! Casi puedo saborearlo.

Hattie llega corriendo con un propósito en mente. Agarra un trozo del apetitoso tocino y se gira hacia mí:

—¡Fenway, ven! —me llama.

El Señor Busca-y-trae coloca una mano sobre el brazo

de La Señora Comida. Su rostro resplandece de orgullo.

Hattie extiende la mano y me muestra un reluciente trozo de tocino, como si yo no lo hubiese visto antes.

—¡Fenway, ven! —dice otra vez.

Mi estómago ruge. La saliva me corre por los bigotes. Pero ese Malvado Piso se interpone entre el delicioso tocino, *¡ñam!*, y yo.

Hattie me mira con dulzura. Sé que quiere darme el tocino y se acerca cada vez más.

—¡Anda, Fenway, ven!

—¿Por qué actúa de esa manera? Salto y brinco arañando la pared con mis garras.

—¡Dame el tocino! —gimoteo.

Los ojos de La Señora Comida se abren como platos. El Señor Busca-y-trae se levanta de un salto.

—¡FEN-way, no! —grita Hattie, y se acerca corriendo para evitar que siga arañando la pared. El trozo de tocino cuelga de su mano...

¡Ñam! ¡Ñam! ¡Delicioso! Vaya si resultó fácil. Me paso la lengua por el hocico.

La Señora Comida va al clóset de la entrada y agarra mi correa.

—Hattie —la llama con ánimo.

Hattie parece derrotada. Camina penosamente hacia La Señora Comida, que le pasa el brazo por el hombro.

¡Hurra! ¡Hurra! Por fin vamos al Parque de Perros. Al verdadero. Con cuencos grandes de agua donde chapotear. Bancos donde subirse. ¡Y perros! ¡Muchos perros retozones! Corro al lado de Hattie sin dejar de saltar.

Me ata la correa listos para salir. Pasamos junto a la cuerda de saltar que yace enrollada en el piso. El olor a pequeñas humanas y suelo arenoso es casi imperceptible. Totalmente nulo.

Es un misterio, pero no hay tiempo para investigar. ¡Es hora de jugar!

Bajamos los escalones y nos topamos con un sol abrasador. Paramos para hacer pis en la hierba —yo, no ella— y empezamos a caminar por la calle donde transitan carros y autobuses. Halo de la correa para dejarle saber a Hattie que eso no es una buena idea.

Pero, vaya, ¡la acera ha desaparecido! Y, ahora, ¿dónde voy a encontrar sabrosas migajas o pegajosas envolturas para lamer?

Pero obviamente eso a Hattie la tiene sin cuidado, porque se empeña en caminar por la calle. Por suerte, no pasan carros ni autobuses.

De hecho, hay una tranquilidad alarmante. No se escuchan voces humanas ni ruidos de sirenas. Ni siquiera el ruido de la puerta de un auto que se cierra bruscamente. Los únicos ruidos que escucho son el zumbar de las abejas y el piar de los pájaros en las frondosas ramas. Todo es tan extraño. ¿Dónde ha ido todo a parar?

Y eso no es lo único. El Señor Busca-y-trae no acompaña a Hattie... Y tampoco La Señora Comida. Siempre nos acompañan cuando vamos de paseo. ¿Dónde están? ¿Por qué Hattie no los espera?

Miro a mi alrededor y observo otras señales inquietantes. ¿Dónde están los faroles y los parquímetros? ¿Y los cubos de basura? ¿Qué voy a olfatear? ¿Cómo voy a saber qué perros han pasado por aquí?

Cuanto más me resisto, más me hala Hattie de la correa. A lo mejor me preocupo sin razón...

Porque un poco más adelante, detrás de unos árboles..., ¡lo veo! ¡El Parque de Perros! ¡Hubiera reconocido esa cerca en cualquier lugar! Mi cola empieza a moverse y mis patas echan a correr.

Pero Hattie no se apura. ¿Es que acaso no quiere llegar pronto al Parque de Perros?

—¡Apúrate! —ladro—. Seguramente los otros perros ya están jugando.

Olfateo como loco tratando de identificar quiénes están en el parque. Trato de escuchar sonidos tintineantes, y los sofocantes sonidos de perros retozones. Pero solo huelo a ardillas, abejas y pájaros.

Lo cual es raro porque ya estamos casi ahí. No veo la

hora de llegar. Halo a Hattie a todo lo largo de la cerca.

Busco la puerta de entrada cuando, repentinamente, mis orejas se pliegan y mi cola deja de moverse: veo un parque. Es un parque de arbustos con un sendero que conduce a un porche y a una casa. Igual que la nuestra. Sin bancos para subirse. Sin perros con quien jugar.

No olfateo preocupación en Hattie. Parece que conoce bien el camino.

Pasamos frente a otras casas similares, con árboles, césped y un camino de entrada para los coches. Más árboles, jardines y otro camino de entrada para coches. ¿Dónde está el semáforo donde siempre nos detenemos a olfatear? ¿Dónde está la boca de incendios siempre cubierta de caquita de paloma? Debe ser que todavía no hemos llegado.

Pasamos frente a otro parque de arbustos cuando me detengo a mirar. Veo un animal más o menos de mi tamaño. Un Perro Inmóvil. Tiene unos cestos a ambos lados del torso de donde brotan flores. Yo sé que cada perro tiene una función, pero estoy contento de que la mía no sea la de servir de maceta.

El Perro Inmóvil está completamente estático, las orejas paradas, su mirada fija en el horizonte. Ni siquiera se percata de nuestra presencia. ¡Qué maleducado!

Estoy seguro de que Hattie lo ha visto, pero no se detiene. Quizá sea lo mejor. En realidad, buscamos perros con quien jugar, y este tipo luce muy aburrido.

Nos detenemos momentáneamente frente a unos arbustos y aprovecho para hacer pis. Seguimos camino y pasamos frente a otras casas y entradas de coches. De pronto, en la distancia escucho un gran rugido que cada vez se hace más y más fuerte.

Algo se aproxima. Hattie me aparta del camino justo cuando llega a nuestro lado.

¡Lo reconozco inmediatamente! Es el Camión Marrón que ronda las calles y deja paquetes en el *lobby* de la entrada. Pero este parece más grande y más oscuro. ¡Vaya «Camionzote»!

¿Pero qué hace aquí? ¿Acaso nos ha seguido desde nuestro barrio? De todas formas, no hay tiempo para preguntas: tengo que proteger a mi pequeña humana.

Me lanzo en dirección al monstruo mostrando mis dientes.

—¡Vete ahora mismo, bestia! ¡O atente a las consecuencias!

Hattie me hala y sube a la acera.

—¡FEN-way! ¡Siéntate! —grita visiblemente preocupada por el peligro.

Estoy listo para abalanzarme sobre él si fuese necesario. Salto y gruño para demostrarle que no bromeo. ¡Y logro amedrentarlo!

El Camión Marrón sale traqueteando con estrepitoso

ruido y deja una estela de humo, apestoso, tenebroso.

—¡Y no se te ocurra regresar! —ladro.

Pero en lugar de darme las gracias, Hattie parece molesta.

—Oh, Fenway —dice con voz frustrada. Quizá sea porque está ansiosa por llegar al Parque de Perros.

Oye, yo también estoy ansioso. No soy yo el causante de la demora.

Seguimos caminando y me llega el olor a pájaros y a una que otra ardilla. No veo nada interesante más que una pared de ladrillo, un poste telefónico y alguna que otra maceta de rosas. Mi cola se pliega cuando reconozco que este no es el camino que conduce al Parque de Perros.

¿Adónde vamos?

Redoblo mis esfuerzos. Olfateo cada árbol, cada arbusto, cada entrada de coches. ¡Un momento! Estamos en la misma calle de antes. Son los mismos árboles y parques de céspedes que vimos hace un rato. Volvemos a pasar frente al Perro Inmóvil que no se ha movido del sitio.

Y antes de darme cuenta, estamos de regreso a casa. ¿Qué pasó? No fuimos al Parque de Perros. O al lugar donde los pequeños humanos van con sus mochilas. ¡O a ningún lugar! Y tampoco hemos regresado con leche o rosquillas. ¿Qué hicimos? ¿Dar vueltas?

Pero en lugar de oler frustrada, apenada o triste por no haber podido jugar, Hattie sube los escalones de la entrada dando saltitos, como si estuviera feliz. ¿Quién la entiende?

Estamos a punto de entrar al porche cuando en la distancia escucho un traqueteo..., un ruido cada vez más estrepitoso. ¡Es el Camión Marrón que se aproxima otra vez! Se detiene justo enfrente de la entrada, obviamente siguiéndonos. ¿Cómo se atreve a regresar?

Me paro de golpe y muestro mis dientes a la vez que halo de la correa.

—¡Te advertí que no regresaras! —ladro.

Un Humano Malvado se baja del camión cargando un paquete. Viene hacia nosotros ignorando mis ladridos.

—¡Prepárate para lo que te va a caer encima! —ladro dando grandes saltos.

—¡FEN-way! ¡Siéntate! —grita Hattie halándome de la correa. ¿Es que acaso no confía en mí?

Mientras me preparo, listo para el ataque, el Humano Malvado le lanza una caja a Hattie. Se da la vuelta y se mete rápidamente en al Camión Marrón.

¿Qué puedo decir? Es evidente que se asustó con mis feroces ladridos. Se escucha un estrepitoso RUGIDO y el Camión Marrón desaparece de la vista.

—¡Y ni se te ocurra regresar! —ladro. Subo los escalones pavoneándome por un trabajo bien hecho.

Entramos rápidamente a la casa. Hattie se ve alegre. Es obvio que está encantada de que yo haya ahuyentado a esa terrible bestia.

Me desengancha la correa y entramos corriendo a la Sala de Estar. Al vernos entrar, El Señor Busca-y-trae deja de colocar libros en la estantería. Con alborozo, Hattie abre el paquete y saca algo terso. ¡Una gorra!

Se la coloca en la cabeza y mete su mata de pelo por una abertura en la parte de atrás de la gorra, desde donde cuelga como una cola de caballo. Toda ella huele a emoción. Al igual que El Señor Busca-y-trae.

Y eso no es todo. Hattie mete otra vez la mano en la caja y saca un guante grueso que huele a cuero fresco. Se lo coloca en una mano y comienza a darle golpecitos con la otra. El Señor Busca-y-trae sonríe como si hubiera estado esperando este momento toda la vida.

Es algo inquietante. Mi Hattie no usa gorra ni tampoco un guante grueso de piel. ¿Qué es lo que está pasando aquí?

Me dejo caer en la alfombra, y en ese momento Hattie corre a abrir la puerta. Y con una sola palabra le dice a El Señor Busca-y-trae:

—¡Ángela!

Capítulo 9

Más tarde, estoy en nuestro Parque de Perros rascándome una oreja cuando, de pronto, diviso una despreciable ardilla. Y luego veo otra ¡todavía más grande!

Los dos odiosos roedores se persiguen uno a otro por el césped. ¡Saben perfectamente que no pertenecen aquí!

Me pongo de pie de un salto. Sus esponjosas colas se mueven burlonas. Corro tras ellas y veo que desaparecen detrás de unos arbustos. ¿De verdad creen que se pueden esconder de mí? Bueno, pronto van a aprender una Lección de Vida.

—¡No se permiten ardillas! —ladro abriéndome

paso entre los arbustos con el hocico—. ¿Me oyen bien?

Pero es obvio que no. Siguen corriendo, peleando, gruñendo y chillando:

—¡Chiii, wiii, chiii!

—¡Las pillé! —ladro adentrándome más.

Se oye el susurro y crujir de los arbustos. Las ardillas se escabullen por atrás y salen corriendo. ¿Acaso piensan que pueden escaparse?

—¡Ajá! ¡A ver si piensan que son más listas que yo! —ladro. Doy un paso atrás y me sacudo las hojas del cuerpo.

Las dos despreciables sabandijas se persiguen la una a la otra a través del césped. Les piso los talones. Corren en dirección al árbol gigante. Trepan al árbol, gruñendo y chillando.

Salto y arremeto contra la corteza del árbol mientras se escurren entre las frondosas ramas, seguramente en dirección a la casa de las ardillas para seguir peleando.

—¡Al fin! —ladro.

¡Vaya trabajo! Me acurruco a lo largo de las raíces del árbol bajo la fresca sombra. Estoy a punto de quedarme dormido cuando oigo un chirrido. Levanto la cabeza. ¡Es la puerta de la cerca que se abre!

¡Hurra! ¡Finalmente llegan los perros a jugar! Me levanto y echo a correr.

Pero lo que veo no son perros. Es mejor: ¡Hattie y

Ángela! Llevan puestas gorras idénticas y una cola de caballo cuelga de la parte de atrás de sus gorras. Y cada una tiene un guante en la mano.

¡Hurra! ¡Hurra! Corro a su encuentro, mi cola moviéndose sin parar.

—¡Qué feliz estoy de verlas! —ladro saltando sobre sus piernas—. ¡Sabía que volverían!

Hattie y Ángela se miran.

—Bájate, Fenway —dice Hattie con voz temblorosa e insegura. Seguramente preocupada de que Ángela se pueda entrometer en nuestro juego.

Me lanzo sobre sus rodillas.

—No te preocupes, Hattie —ladro—. Todos podemos jugar juntos. Será maravilloso.

Hattie le lanza una mirada de reojo a Ángela, y esta levanta una ceja. ¿Y a qué viene eso?

—¡Fenway, siéntate! ¡Quieto! —dice Hattie señalando la cerca.

¿Qué es lo que quiere que haga? Corro hacia la cerca y rebusco en la tierra. ¿Será que quiere que desentierre un palo?

Lo que quiera que sea no tengo tiempo de averiguarlo. Ángela se echa a correr por el césped. Y Hattie corre en dirección opuesta dándole golpes con la mano al guante. Esto solo puede significar una cosa: ¡el juego va a comenzar!

¡Yupi! Corro al lado de Hattie. Ángela lanza una pelota blanca hacia arriba y esta cae nuevamente en su guante, *¡pum!*, Entonces, nos mira y dice:

—¿Lista?

—¡Estoy listo! ¡Más que listo! —Ladro. Salto. Doy vueltas. Nunca he estado más listo en mi vida.

Hattie extiende el guante. La pelota vuela por el aire. Rebota en el suelo detrás de ella y se pierde entre los arbustos.

¡Yupi! ¡Buscar cosas es uno de mis juegos favoritos! Enseguida salgo corriendo tras la pelota.

—¡FEN-way! —grita Hattie.

¡Listo, allá voy!

Me escurro debajo de los arbustos, y la mano de Hattie detrás de mí. ¡Ajá! ¡Qué fácil! Estoy a punto de agarrar la pelota cuando la mano de Hattie se me adelanta.

—¡Pero si soy yo el que tiene que buscar la pelota! —ladro corriendo tras Hattie que trota muy oronda con su trofeo en mano.

Hattie se pone en posición y lanza la pelota. Salgo disparado tras ella. Esta vez nada ni nadie impedirá que la agarre, a pesar de que la pelota va directamente hacia donde Ángela está parada. ¡Eso no es justo!

Ángela da un salto ladeando el guante. La pelota pasa volando sobre su cabeza y aterriza con un golpe seco, ¡*pum*!, sobre unas flores junto a la cerca de atrás. Va corriendo hacía allí y yo tras ella.

—¡FEN-way, quieto! —grita Hattie.

Llego junto a las flores, jadeante, en el momento en que Ángela recoge la pelota del suelo. ¡Vaya chasco! Pasa corriendo a mi lado sosteniendo la pelota con fuerza en el guante.

Me lanzo tras ella y arremeto contra su brazo.

—¡No es justo! ¡No es justo! —ladro.

Sin detenerse, Ángela lanza la pelota hacia el porche. Y Hattie está allí, dando saltitos sobre la punta de los pies. ¡Vaya posición aventajada!

Corro por el césped a tope. Tengo que adelantarme a Hattie.

Ella trata de cogerla con el guante, pero la pelota pasa como un bólido a su lado. Cae cerca del porche y rueda debajo del último escalón. Los hombros de Hattie se encorvan. Con un gran suspiro corre en busca de la pelota.

¡Ah! Pero yo ya estoy ahí.

—¡Esta vez no vas a ganar! —ladro—. ¡Qué gran diversión!

—¡FEN-way, no! —grita Hattie al ver que clavo los dientes en la pelota. Trata de agarrarme, pero me escabullo y comienzo a correr alrededor del Parque de

Perros—. ¡Fen-way! —me llama otra vez corriendo detrás de mí—. ¡Suelta la pelota!

Corro a lo largo de los arbustos y doblo en la esquina. Veo que Ángela viene corriendo hacia mí.

—Fen-way—me llama haciendo gestos con las manos.

Agarro fuertemente la pelota de cuero con las mandíbulas y la esquivo. Hattie viene hacia mí por el otro lado con los brazos extendidos.

—¡Fenway! —grita.

Zigzagueo de un lado a otro. ¡Yupi! Jugar a perseguirnos es mi juego preferido, pero jugar con dos pequeñas humanas es mucho más divertido.

Cada vez que una de ellas se acerca, doy la vuelta y salgo corriendo. Paso como un cohete al lado de Hattie. Corro en la dirección opuesta a Ángela. Ambas tratan de agarrarme. ¡Les encanta este juego tanto como a mí!

Estoy agotado, pero no me voy a dar por vencido. Corro alrededor del Parque de Perros un par de veces más, pero me doy cuenta de que las pequeñas humanas han disminuido su ritmo. Hattie respira fuertemente. Mira a Ángela, que tiene el ceño fruncido.

Reduzco la velocidad, todo mi cuerpo se estremece de fatiga. Me echo en la hierba fresca y dejo caer de mi boca la pelota babeada.

Hattie se cruza de brazos con el rostro sombrío.

Ángela no deja de hablar, pero lo único que logro escuchar es mi agitada respiración.

Poco a poco voy recuperando el aliento cuando del otro lado de la cerca llegan interesantes sonidos: ¡clinc! ¡clinc! ¡clinc! Me levanto y me acerco despacio. Miro por entre las tablillas. Goldie se rasca. Patches olfatea el suelo.

—¿*Quihúbole*, damas?

Ambas alzan la vista.

—¿Fenway? —dice Patches.

—No sé si se dieron cuenta —digo—, pero yo era el que jugaba con las dos pequeñas humanas: la mía y la de ustedes. No se cansan de jugar conmigo.

—¿Jugar? —dice Goldie con asombro—. ¿Es así como tú lo llamas?

—Sí —respondo—. Mi Hattie ha vuelto a ser la de siempre como yo había predicho.

Patches mira con cierto recelo:

—¿Y cómo lo lograste?

—Muy sencillo —digo rascándome bajo el collar—. Lo único que hice fue salvar a Hattie del Camión Marrón. ¡Dos veces!

—¿Y realmente piensas que eso la hizo cambiar? —dice Goldie resoplando.

—Desde luego —digo alzando el hocico—. ¿Qué les puedo decir? Ella de verdad me quiere.

Justo entonces se oye el ruido de la puerta de la cerca que se cierra, y todos nos volvemos a mirar. Hattie se ve cabizbaja y Ángela ya no está.

—Bueno, Fenway —dice Patches con gentileza—. No quiero decepcionarte, pero...

—Pero ¿qué? Seguramente que Ángela se cansó —digo—, pero Hattie todavía está aquí y vamos a seguir jugando. ¿Quieren vernos jugar?

La cara de Patches muestra aflicción.

—Este..., Fenway —dice ella señalando en dirección al árbol gigante con el hocico.

Cuando me viro, veo a Hattie que trepa por el árbol. Me siento abatido.

—Odio tener que decirte que te lo advertí —susurra Goldie.

Me dejo caer en el césped y comienzo a lamerme la pata como si de ahí naciera mi dolor. Oigo la dulce voz de Patches que dice:

—Es triste, muy triste.

Capítulo 10

A pesar de que Hattie me dejó plantado
y no quiso seguir jugando, sé que poco a poco estoy
logrando que vuelva a ser la de antes. Pero es difícil
pensar en eso ahora, sentado aquí solo en el pasillo, mirando hacia el Lugar de Comer. Mientras, se me hace la
boca agua.

El Señor Busca-y-trae, La Señora Comida y Hattie
están sentados a la mesa. Y eso no es todo, Ángela ha
regresado. Y están comiendo unos jugosos perros
calientes. ¡Me encantan los perros calientes!

Se supone que mi lugar es debajo de la mesa, a los
pies de Hattie, esperando que caigan deliciosas migajas.
Pero no estoy ahí. Hattie debe sentirse tan mal como
yo. Ni siquiera ha probado su comida.

Ángela tiene su atención fija en El Señor Busca-y-trae. No deja de hablar mientras lanza y agarra una pelota invisible.

Hattie asiente con la cabeza de vez en cuando y sonríe ligeramente. Fija la vista en su plato y mueve los frijoles de un lado a otro.

El Señor Busca-y-trae, sentado en el borde de la silla, está atento a todo lo que sucede mientras conversa animadamente con Ángela.

La Señora Comida se levanta y le ofrece otro perro caliente a Ángela. *¡Mmmmm!* El aroma es embriagador. Se me hace la boca agua.

Ángela me mira de reojo; se vira y le pregunta algo a Hattie.

Hattie hace un gesto como si se sintiera avergonzada. Señala al Malvado Piso y susurra algo bajito. Seguramente le ha explicado lo terrible de la situación.

Ángela parece confundida. ¿Es acaso algo tan difícil de entender para una pequeña humana?

Cuando han terminado de comer, Hattie y Ángela se levantan y llevan los platos al fregadero. Entonces, La Señora Comida saca la bolsa de mi comida.

Inmediatamente me levanto y comienzo a dar vueltas alrededor de la alfombra. ¡Vaya! La deliciosa comida cae en cascada en mi plato. Se me hace la boca agua. ¡Yupi! ¡Finalmente ha llegado la hora de comer!

Me muero por meter el hocico en el plato lleno de crujientes manjares.

—¡Apúrate y tráemelo, Hattie! —ladro sin dejar de mover la cola.

Pero en lugar de alcanzarme el plato, Hattie intercambia una mirada con Ángela y coloca mi plato en el Malvado Piso.

—¡Fenway, ven! —me llama como si fuera lo más natural.

Se me cae el alma a los pies. Mi cola deja de moverse. Algo no está bien. Mi Hattie siempre me trae la comida al pasillo. Y yo que creía que había vuelto a ser la de antes.

—¡Ven, Fenway! —llama otra vez, en cuclillas, dándose golpecitos en la rodilla. Ángela le pasa la mano por el hombro como si fuese Hattie la que necesitara apoyo moral.

Me duele el estómago. Tengo que convencer a Hattie de que me traiga la comida.

—Hattie, por favor —gimo—. No vas a dejar que me muera de hambre.

Me dejo caer de espaldas y comienzo a mover las patas. Gimo y lloriqueo una y otra vez. Miro a hurtadillas para ver si ella cambia de idea.

Hattie no deja de mirarme. Se ve angustiada. Ángela le vuelve a pasar la mano por los hombros.

Hattie está claramente en una encrucijada. Le susurra algo a Ángela. Entonces, agarra el plato y corre en dirección al pasillo.

¡Yupi! ¡Sabía que lo haría! Ataco el plato como si alguien fuera a quitármelo. ¡Delicioso!

¡Vaya banquete! Lamentablemente, se acaba enseguida.

—¡Sabía que mi Hattie volvería a ser la de antes! —ladro. Le lamo la mejilla una y otra vez. Ella sonríe.

Ángela se sienta a nuestro lado en la alfombra haciendo un leve movimiento de cabeza. Su cara es todo reproche.

Aun así, me subo a sus rodillas y le lamo la cara. Sabe a kétchup.

Cuando terminan de recoger todo, nos dirigimos a la puerta, y Hattie me pone la correa. Se agacha para coger la cuerda de saltar, pero cuando ve que Ángela frunce el ceño, la suelta y agarra el grueso guante de cuero.

Lo que sea que tenga en mente, seguro será divertido. Cuando salimos a la calle, Hattie se agacha para acariciarme y, de alguna forma, la correa se enreda alrededor de un árbol delgado.

—Oye, Hattie... —ladro mientras se aleja—. ¿No se te olvida algo?

Hattie se detiene junto a una pequeña parcela de tierra donde La Señora Comida está de rodillas removiendo tierra y rociándola con agua. Ángela está parada a la entrada, mostrando la pelota blanca que tiene en la mano. Lo cual solo puede significar una cosa: vamos a jugar a «busca y trae». Lucho por zafarme.

El Señor Busca-y-trae se acerca a Hattie sin dejar de mirarla. Su mirada muestra optimismo.

—¡Oigan! —ladro—. En caso de que no se hayan dado cuenta, estoy atrapado y no puedo jugar.

Actúan como si no me oyeran. Ángela se pone en posición y lanza la pelota hacia Hattie y El Señor Busca-y-trae. Hattie se estira para agarrarla, pero la pelota cae detrás de ella y rueda hasta donde está La Señora Comida.

—¡Allá voy! —ladro saltando lo más alto que puedo. ¡Pero no puedo llegar a ella!

Hattie pasa corriendo a mi lado; parece enojada. O a lo mejor decepcionada. Recoge la pelota y regresa a su lugar.

—¡No es justo! ¡No es justo! —ladro. Salto y doy vueltas, pero es en vano.

El Señor Busca-y-trae le pone una mano en el hombro a Hattie y le susurra algo al oído. Se aparta un poco y hace un movimiento con el brazo como si fuera a lanzar la pelota.

Hattie asiente. Se acomoda la gorra un par de veces. Echa el brazo hacia atrás y le lanza la pelota a Ángela.

El Señor Busca-y-trae aplaude entusiasmado, pero deja de aplaudir cuando ve que la pelota pasa volando por encima de la cabeza de Ángela, cae en el camino de entrada y rueda en dirección a la calle.

Hattie se derrumba bajo el peso de sus hombros. El Señor Busca-y-trae le pasa la mano por la espalda para darle ánimo.

Ángela se dispone a ir a buscar la pelota cuando un sonido diferente llama su atención. *Tiro-riro-riro-rooo.*

Es un sonido musical, como un trinar de pájaros. Y viene en nuestra dirección. Debe ser algo interesante porque Hattie y Ángela dejan caer sus guantes y comienzan a gritar. ¿Acaso saben lo que es?

A El Señor Busca-y-trae no parece llamarle la atención. La Señora Comida ni siquiera levanta la vista para ver. Sigue revolviendo la tierra como si hubiera perdido el sentido del oído.

El *tiro-riro-riro-rooo* se escucha ahora más cerca. Hattie va hacia donde está El Señor Busca-y-trae. Este mete la mano en el bolsillo, sonríe y le da unos papeluchos a Hattie y a Ángela.

Apretándolos en los puños, las pequeñas humanas

corren hacia la acera. Sus cabezas giran en dirección a la música. Y esperan...

A... ¡un camión que dobla la esquina!

El pelo de la nuca se me eriza. ¿Será el Camión Marrón que regresa?

¡No! Es más pequeño. Y blanco. Y toca música.

—¡Hattie, apártate! —ladro gritando y saltando—. ¡Esa cosa puede ser peligrosa!

Pero no escucha mis advertencias. El camión se detiene justo enfrente de las pequeñas humanas, quienes no se apartan del camino.

—¡Váyase! ¡Fuera de aquí! —le ladro al camión.

Al igual que el Camión Marrón, en este también hay un humano dentro. Se asoma por una ventanilla. Hattie habla con él entusiasmada y Ángela también.

—¡Aléjense! —le ladro a las pequeñas humanas—. Entren a la casa o trepen al árbol, ¡rápido!

¿Es que acaso no me oyen? ¿Tampoco El Señor Busca-y-trae o La Señora Comida? El Señor Busca-y-trae conversa animadamente con La Señora Comida como si nada ocurriera.

Por suerte aquí estoy yo para protegerlas. Excepto por el Gran Problema de la correa. Halo y halo, pero no logro llegar hasta donde está el Camionero. Todo lo que puedo hacer es ladrar:

—¡Mejor que te vayas o atente a las consecuencias!

Hattie le da un papelucho. Y Ángela también. Inmediatamente el Camionero desaparece.

¿Será que se asustó con mis amenazas? ¿O con el parloteo de las pequeñas humanas?

Desafortunadamente, con ninguna de las dos. El Camionero regresa con algo en la mano. Ángela salta impacientemente. Acerca su mano a la ventanilla. ¿Acaso trata de empujar al Camionero?

—¡Te dije que te fueras! —ladro. Aunque sé que es inútil, me lanzo con todas mis fuerzas y, *¡tris!*, ¡la correa se rompe!

Salgo disparado como un cohete por el césped. Corro a toda velocidad en dirección al camión.

La Señora Comida y El Señor Busca-y-trae se ponen de pie y salen corriendo como si de repente comprendieran el peligro que corren las pequeñas humanas.

—¡Fenway! ¡Fenway! —gritan; parece que no se han dado cuenta de que ya voy al rescate.

Hago mi entrada en escena en el momento en que Ángela por fin comprende que ella sola no puede enfrentarse al camión musical. Se vuelve y se me queda mirando con los ojos abiertos como platos. Hattie comienza a gritar y a agitar los brazos.

—¡Quieto, FEN-way! —gritan a la vez La Señora Comida y El Señor Busca-y-trae.

—¡Fuera de aquí! ¡Deje en paz a las pequeñas

humanas! —ladro mostrando los dientes. Salto más alto que nunca. ¡Tengo que alcanzar la ventanilla!

Salto más y más alto, pero no logro alcanzarla. Caigo hacia atrás y tropiezo con Ángela, quien lanza un grito. Lo siguiente que veo es una crema pegajosa que chorrea por su vestido.

El Camionero comienza a gritar. La Señora Comida y El Señor Busca-y-trae están casi sin aliento, pero esto no impide que alcen sus voces.

Ángela se sacude la blusa, que huele deliciosa, como si estuviera apagando un fuego. Logro probar algunas gotas que caen. ¡Delicioso! ¡Dulce y refrescante! ¡Voy a por más!

Ángela da un paso atrás. Su cara muestra enojo.

—¡Malo! ¡Malo! —grita.

Hattie se agacha y agarra lo que queda de mi correa. Me apunta con el dedo.

—¡FEN-way! —dice enojada, dejando claro que estoy metido en un lío.

¿Qué he hecho? Pero no hay tiempo para averiguarlo. Mi hocico detecta una irresistible bola de helado en el pavimento. ¡Vaya suerte! ¡Mmmmm! ¡Vainilla!

Capítulo 11

El sol radiante de la mañana brilla a través de la ventana. Me acerco a despertar a Hattie con el hocico, pero ella no está. Y lo que es peor: no estoy en su cama. ¿Dónde estoy?

Una rápida mirada a mi alrededor confirma la terrible realidad: me encuentro en un cuarto vacío. ¡Atrapado por La Reja!

De repente, me viene a la mente un sueño horrible: Hattie obligándome a quedarme aquí anoche y blandiendo La Reja. Pero ¿sucedió en realidad?

¡No! Hattie no hace eso. Hattie no me amenaza con La Reja. Comienzo a dar vueltas en el cuarto. Imágenes me pasan por la mente. Imágenes demasiado espantosas para ser reales.

¿Será posible que haya pasado toda una noche solo, a oscuras, en este extraño cuarto? ¿Dormí en realidad acurrucado en este duro piso de madera en lugar de en la cómoda cama de Hattie con olor a menta y vainilla? ¿Me cepilló Hattie el pelo y me cantó *Amigos insepara-bles* antes de dormir? ¿Dormí en realidad?

Jadeo y tiemblo. No paro de dar vuelas en círculo. Esto es peor que una pesadilla. Finalmente, consigo calmarme. Debe haber algo que yo pueda hacer.

Corro hacia La Reja:

—¡Hola! —ladro—. ¡Estoy encerrado aquí, sin poder salir!

Ladro y ladro, pero nadie viene. Hago una pausa y presto atención. Ese ruido que surge de abajo, ¿serán mis humanos?

Vuelvo al ataque. Ladro una y otra vez. Cuando me detengo otra vez para escuchar, mi cola empieza a moverse. Oigo pasos que suben por la escalera. ¡Sabía que mi plan funcionaría!

Salto para tratar de ver por encima de La Reja. Las pisadas se acercan más y más y, de repente..., aparece Hattie.

—¡Hurra! ¡Hurra! —ladro, salto y alzo la cabeza para que me acaricie. Pero ¿qué pasa?

Me dejo caer. Hattie está de pie, con los brazos cruzados, su cara es una terrible combinación de irritación y decepción. ¿Por qué me mira de esa manera?

Sin lugar a duda, solo su encantador perro puede lograr cambiarle el semblante. Salto una y otra vez tratando desesperadamente de lamerle la mano.

—Hattie, tengo una magnífica idea —ladro ladeando la cabeza de la manera que a ella le encanta—. ¡Vayamos al Parque de Perros a jugar!

Ella da un paso atrás.

—¡Quieto! —dice con voz firme.

Me dejo caer totalmente confundido. ¿Qué le pasa a mi Hattie? Estoy tan desconcertado que siento como si el piso se hundiera bajo mis patas.

La voz de Hattie denota un tono serio y de reproche. No suena como mi Hattie. Suena como La Señora Comida cuando me subo al sofá.

Hattie habla y utiliza muchas palabras Humanas que desconozco. Sus palabras me agreden como piedras. No me atrevo a mirarla. Me cubro los ojos, afligido.

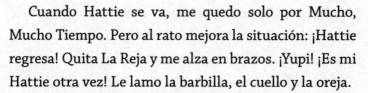

Cuando Hattie se va, me quedo solo por Mucho, Mucho Tiempo. Pero al rato mejora la situación: ¡Hattie regresa! Quita La Reja y me alza en brazos. ¡Yupi! ¡Es mi Hattie otra vez! Le lamo la barbilla, el cuello y la oreja.

Pero mis esperanzas desaparecen en cuanto salimos.

Me pone en el suelo y camina a grandes pasos en dirección al árbol gigante. Es posible que haya decidido hibernar en la casa de las ardillas, porque después de olfatear cada pulgada del Parque de Perros y de hacer pis en cada arbusto, ella todavía sigue allá arriba.

Así es que no hay otra cosa que hacer que tumbarme en el césped a escuchar el trinar de los pájaros y el zumbar de las abejas. Y esperar a Hattie. Es el Parque de Perros Más Solitario que jamás he conocido.

Estoy medio dormido cuando mis oídos detectan un sonido irritante: «¡chiii, wiii, chiii!».

Se me erizan los pelos del cuerpo. Es una de esas asquerosas ardillas. ¡Esta incluso es más grande que las otras dos anteriores!

Corre de un lado a otro por la cerca que rodea el Parque de Perros. ¿Acaso no se ha dado cuenta de que hay un feroz perro guardián?

Obviamente no es muy inteligente, porque, cada vez que llega al final de la cerca, gira y vuelve a correr en la dirección opuesta. Pero, al fin y al cabo, ¿quién dijo que las ardillas eran inteligentes?

Mientras corre de un lado a otro, su incesante chirrido irrita mis oídos. Sus contorsiones me repugnan.

Pero sé cuál es mi obligación. Debo defender mi territorio a toda costa. Soy todo un profesional.

Me levanto y me acerco corriendo, aunque no mucho.

—¡Vete de aquí, asqueroso roedor! —ladro—. ¡Un Parque de Perros no es lugar para ardillas!

Su reacción no es la de alguien que se siente amenazado. Se detiene a mitad de camino y me muestra sus afilados colmillos.

—¡*Chiii, wiii, chiii!* —chilla. El sonido es siniestro.

Mantengo una distancia prudente, pero conservando mi posición de ataque.

—¡Lárgate! —le digo. Esta vez ladro con más fuerza.

—¡*Chiii, wiii, chiii!* —vuelve a chillar como si pensara que puede ganar esta batalla. Afianza las garras en la cerca, se inclina hacia delante y aproxima su odiosa cara. ¡Lista a lanzarse sobre mí!

Doy un paso atrás, cada pelo de mi nuca tiembla.

—¡Aquí no eres bienvenida, bestia cobarde! —ladro—. ¡Vete antes de que te haga desaparecer de este mundo para siempre!

Pero no se deja intimidar por mis amenazas. El pequeño monstruo salta de la cerca, aterriza en el Parque de Perros y sale corriendo en dirección al árbol gigante.

¡Ah! ¡Conque esas tenemos! Obviamente no conoce bien a su oponente.

—¡Estás acorralada, criatura asquerosa! —le grito corriendo tras ella.

Mientras corre, su esponjosa cola se mueve como retándome. Puedo sentir el asqueroso sabor de su piel en la boca. Estoy a punto de hincarle los dientes cuando, de pronto, trepa volando por el tronco haciendo un escandaloso ruido. ¡Oh, no! ¡Hattie está arriba!

Me lanzo contra el tronco del árbol arañando su corteza con mis garras, ladrando y gruñendo ferozmente.

—¡Déjala en paz! —ladro—. O tendrás que vértelas conmigo.

Afortunadamente, el movimiento de las ramas me confirma que, por lo menos, tiene suficiente sentido común como para no entrar en la casa de las ardillas.

Me dejo caer a la sombra del árbol y me acurruco para tomar un bien merecido descanso.

Pero, de pronto, mis orejas detectan sonidos familiares al otro lado de la cerca. Tintineo de perros. Si al menos eso pudiera reanimarme.

—¿Estás ahí, Fenway? —llama Patches con su encantadora voz.

Me hundo más todavía.

—Tal parece que se le ha perdido el mejor hueso del mundo —oigo a Goldie murmurar.

—Pobre —dice Patches—. Me recuerda la primera vez que nuestra dulce Ángela dejó colgadas nuestras correas sin siquiera pensar en nosotras. Te tumbaste en la puerta de entrada abrumada, y no te moviste. Ni siquiera a la hora de comer.

—¿Yo? —resopla Goldie—. Creo recordar que fuiste tú la que te pusiste a lloriquear y a gemir como un cachorrito cuando ella salió y nos dejó en casa. Prácticamente cerró la puerta en tus narices como si no existieras.

—Se fue corriendo sin hacernos una caricia —dice Patches.

—Bueno, al fin y al cabo un perro no puede vivir pensando en el pasado —dice Goldie—. Lo que pasó, pasó.

—De todas maneras, no puedo evitar añorar los buenos tiempos —dice Patches suspirando.

—¿De qué sirve? —dice Goldie dirigiendo su atención hacia mí—. Fenway, te voy a dar un consejo por tu bien: no mires atrás y sigue adelante sin esa pequeña humana. De otra forma, vas a ser muy infeliz.

—Ten un poco de compasión —dice Patches—. ¿No te das cuenta de que sufre?

Es algo muy duro de aceptar.

—Déjenme tranquilo —digo gimoteando.

—¿Ves? —dice Patches.

—Yo solo trataba de ayudarlo —dice Goldie—. ¿Acaso es mi culpa que no escuche consejos?

—Es que una cosa es consejos y otra, sabios consejos —responde Patches.

—¿Y se supone que los tuyos son sabios? —refunfuña Goldie.

—Fenway —dice Patches afablemente—, sabemos por experiencia propia lo duro que es seguir adelante. Pero, créeme, la vida sin tu pequeña humana no será tan mala como te imaginas.

—¿Y ese es tu sabio consejo? —pregunta Goldie.

Patches la ignora.

—Escucha, Fenway, en un principio, fue difícil para nosotras aceptarlo, pero según fue pasando el tiempo, aprendimos a disfrutar de la vida.

—Así es —dice Goldie—. Ahora, en lugar de nadar en un estanque, nos damos baños de charco.

—Querrás decir que chapoteamos en la piscina de niños —dice Patches.

—Habla por ti misma —dice Goldie refunfuñando—. Yo tomo baños de charco.

—El caso es —continúa Patches— que hemos encontrado la manera de adaptarnos a la situación. Y tú también lo harás.

Trato de ignorarlas, pero un sentimiento de furia recorre todo mi cuerpo. Me incorporo de un salto y corro hacia la cerca.

—A lo mejor ustedes se han adaptado —les digo—.

Pero yo no podría vivir sin mi Hattie. Y voy a recuperarla.

—Fenway, sé que eres decidido, pero... —dice Patches, sus ojos reflejando tristeza— ¿te has puesto a pensar en la tarea colosal que eso significa?

—Bueno, a lo mejor él es algo así como un super-perro —dice Goldie en tono de burla.

—Sé que piensan que no puedo hacerlo —digo—. ¡Pero yo sé que puedo! ¡Y lo haré! Quizá necesite un poco más de tiempo. Nuevas ideas o algo diferente. Pero sé que lo lograré. Ya verán.

—¿Oyes lo que él dice? —murmura Goldie.

Salto y araño la cerca:

—¿Y quién sabe? —digo sintiendo una oleada de coraje—. Cuando consiga que mi Hattie regrese, a lo mejor consigo que Ángela también regrese.

Patches suspira, pero luego su rostro se entristece:

—Si al menos pudiéramos lograr que nuestra pre-ciada Ángela regresara —dice con tristeza—. Es todo lo que anhelo.

—Pero es algo imposible —dice Goldie a la vez que mueve la cara repentinamente para que no podamos ver sus orejas caídas.

Yo sé que lo voy a lograr. Tengo que lograrlo. Todo lo que necesito es un plan.

Capítulo 12

Justo en ese momento se abre la puerta del patio y doy un salto. El Señor Busca-y-trae está en el porche; sostiene el grueso guante de cuero en la mano, y en la cabeza, su gorra. Lanza una pelota blanca al aire y la agarra al caer. Sé que no es Hattie, pero jugar a la pelota con El Señor Busca-y-trae es la segunda cosa favorita que me gusta hacer.

—Perdónenme, damas. Pero el juego va a comenzar —les digo mirándolas por encima del hombro mientras corro en dirección al porche.

—Adelante. Anda si quieres —le dice Goldie.

—Goldie... —le reprocha Patches.

El Señor Busca-y-trae recoge otro guante de cuero del porche. Baja los escalones corriendo y apunta con el guante hacia al árbol gigante.

—Hattie —llama entusiasmado.

Corro a su lado para poder olfatear y ver mejor.

El guante en la mano de El Señor Busca-y-trae huele a viejo y usado. Es más grande y tieso que el otro, que es nuevo. El rostro de El Señor Busca-y-trae resplandece de orgullo como si hubiese encontrado el hueso que había perdido hace Mucho, Mucho Tiempo.

—¡Hattie! —llama otra vez.

Ella asoma la cara por la ventana de la casa de las ardillas, pero no parece contenta. Hace una mueca y niega con la cabeza.

El Señor Busca-y-trae alza el guante; parece que piensa que Hattie no lo ha visto.

—Baja —le ruega.

Hattie niega con la cabeza una vez más.

El Señor Busca-y-trae suspira fuertemente. Entonces se escucha su voz, una combinación de ánimo y ruego, algo así como si tratara de convencerla de subirse a la balanza fría y aterradora en la consulta del veterinario.

A continuación, la cara de Hattie desaparece de la ventana. Sus zapatillas de deporte aparecen entre las frondosas ramas. ¡Está bajando!

—¡Hurra! ¡Hurra! —ladro saltando—. ¡Al fin vamos a jugar! ¡Este es el Mejor Día Del Mundo!

El Señor Busca-y-trae está justo detrás de mí. En el instante en que Hattie pisa el suelo, él le da el guante.

—¡Oh, no! —oigo que dice Goldie.

—No quiero ni mirar —dice Patches.

—No se preocupen —digo corriendo en dirección a la cerca—. Todo está bajo control. Ya verán.

Patches está a punto de decir algo, pero cambia de idea. Goldie se echa y comienza a rascarse.

Corro junto a Hattie.

—¡Estoy listo! ¡Más que listo! —ladro mientras salto a sus piernas.

—FEN-way —dice enojada. Se vira en dirección a El Señor Busca-y-trae, que ahora habla en un tono serio y autoritativo.

¿De verdad piensa El Señor Busca-y-trae que Hattie no sabe cómo jugar? ¡Si este es su juego preferido!

—¡Vamos! ¡Vamos! —ladro dando vueltas alrededor de sus piernas—. ¿A qué esperamos?

—¡Basta ya, FEN-way! —grita otra vez Hattie.

¿Se puede culpar a un perro por ser impaciente?

Hattie camina en dirección al porche y recoge su gorra. Se la coloca bien y saca la mata de pelo por la abertura de la parte de atrás.

—Lista —anuncia ella.

Pero en realidad ni su voz ni su postura dan a entender que está lista. Para empezar, está muy cerca de El Señor Busca-y-trae, lo cual me da una gran ventaja.

Corro a mitad del césped esperando a que El Señor

Busca-y-trae se ponga en posición y lance la pelota hacia la parte trasera de la cerca.

Pero, en lugar de eso, El Señor Busca-y-trae se inclina y lanza la pelota en dirección a Hattie.

Ella trata de agarrarla con el guante, pero la pelota rebota y cae en el césped. Hattie baja la cabeza.

—¡Voy a por ella! —ladro corriendo tras la pelota que pasa rodando entre las piernas de Hattie.

Hattie también corre a buscar la pelota. Casi me la arrebata de las mandíbulas, y no de una manera juguetona.

El Señor Busca-y-trae le acaricia el brazo a Hattie, y le ajusta el guante en la mano. Da varios golpecitos a su propio guante. Da unos pasos atrás y asiente con la cabeza.

La cara de Hattie se ruboriza. Aspira profundamente. Su mano se echa hacia atrás para lanzar la pelota.

¡Estoy listo! ¡Más que listo! Voy corriendo en dirección a El Señor Busca-y-trae, saltando y jadeando. ¡No me aguanto las ganas!

Hattie lanza la pelota hacia nosotros. Corro tras ella. Y también El Señor Busca-y-trae.

Solo que él corre hacia atrás. Salta bien alto y alza los brazos por encima de la cabeza. Lanza un gruñido y, *¡pum!*, la pelota aterriza en el guante.

—¡No es justo! —ladro, y doy un brinco como si

pudiera alcanzar la pelota que descansa en su guante.

El Señor Busca-y-trae sostiene la pelota con fuerza, como un trofeo, y le lanza una sonrisa a Hattie.

—¡Muy bien! —grita feliz.

Pero Hattie no comparte su entusiasmo. Hace un leve movimiento de cabeza y dice incrédula:

—¿Muy bien? —repite.

Los hombros de El Señor Busca-y-trae se relajan un poco. Camina en dirección a Hattie.

—Practica —le dice una y otra vez. Finalmente ella asiente.

Da unos pasos hacia atrás.

—¿Lista? —pregunta entusiasmado.

—¡Listo! ¡Estoy listo! —ladro saltando de emoción a su lado.

El Señor Busca-y-trae dobla ligeramente las rodillas. Despacio lanza la pelota en dirección a Hattie. Hattie está de pie, tensa, nerviosa, pero no parece estar lista. Yo, desde luego, sí estoy listo para ir tras la pelota.

Hattie toca la pelota con una punta del guante y la pelota cae rodando por el césped. Hattie lanza un leve gruñido.

—¡Mía! ¡Mía! —ladro, listo para abalanzarme.

Pero una vez más, Hattie agarra la pelota antes de que yo pueda hacerlo. Salto a sus piernas mientras ella se incorpora. Sostiene la pelota en el guante. Ni siquiera me mira.

Doy un salto alto:

—Pero ¿cuándo va a comenzar la diversión? —gimoteo.

—Fenway —dice ella haciéndome un gesto con la mano para que me quede quieto.

—¡Vamos! ¡Vamos! —ladro, dando vueltas alrededor de sus pies—. ¡Yo también quiero jugar!

El Señor Busca-y-trae mira a Hattie de reojo y levanta una ceja.

Hattie suelta un suspiro, le entrega la pelota y corre hacia la puerta del porche.

—¡Guau! —ladro corriendo tras ella—. Mi juego preferido es jugar a perseguirnos.

Pero cuando llego, la puerta se cierra de golpe. Me vuelvo y veo a El Señor Busca-y-trae que lanza la pelota al aire y la recoge varias veces, aparentemente complacido. ¿Es que no le molesta que ella se haya ido?

Unos minutos más tarde la puerta se abre y reaparece Hattie con mi correa en la mano.

¿Acaso vamos al Parque de Perros real?

—¡Yupi! —ladro saltándole a las rodillas.

Engancha la correa y baja los escalones en dirección a la cerca. Voy trotando a su lado. ¡Guau! La brisa ondula mi piel mientras corremos por el césped. ¡Es la Mejor Sensación del Mundo!

Pero cuando llegamos a la cerca, esa maravillosa sensación desaparece abruptamente. Trato de seguir a Hattie que va en dirección a El Señor Busca-y-trae, pero, ¡ay!, la correa me hala hacia atrás. De alguna manera mi correa se ha enredado entre los listones de la cerca.

—¡Ayúdame, Hattie! —ladro. Estoy trabado.

Como si no pudiera oírme, Hattie le lanza la pelota a El Señor Busca-y-trae una y otra vez. Sin entusiasmo, despacio, como si no se tratara de un juego. Ni siquiera una diversión.

Hattie se concentra, se esfuerza, lanza la pelota, aunque no juega. Y parece muy... desanimada.

Si pudiera soltarme... Podría mostrarle lo divertido que es cuando la pelota pasa zumbando por encima de nuestras cabezas. Y corremos tras ella por Mucho, Mucho Tiempo.

Me desplomo impotente. Derrotado.

—No digas que no se lo advertí —dice Goldie.

—Tiene que aprender él solo —dice Patches.

Mis orejas se paran.

—¿Qué es lo que tengo que aprender?

Patches parece que no sabe qué responder. O cómo decirlo.

Goldie señala en dirección a Hattie.

—Puedes intentarlo todas las veces que quieras, pero ella ya no va a ser la misma pequeña humana de antes. Ahora es diferente.

Quiero decirles que están equivocadas. Voy a encontrar la manera de recuperarla. Todo lo que necesito es un buen plan...

Entonces escucho: «¡Yupi! ¡Yupi!».

Giro el cuello súbitamente. Hattie da brincos y saltos llena de alegría. Sostiene la pelota fuertemente en su mano tratando de sacarle el aire como una señal de victoria. Aun desde aquí huelo algo en Hattie que no había olido en mucho tiempo. ¿Confianza en sí misma?

El Señor Busca-y-trae sonríe y aplaude.

Patches suelta un pequeño gemido.

—Es algo muy doloroso. Lo mismo ocurrió con nuestra pequeña Ángela, la misma pelota, el mismo guante...

Goldie mueve la cabeza apesadumbrada:

—Así fue como comenzó todo. Con una pelota y un guante...

¿Conque la pelota y el guante son el problema?

Me levanto. Meto el hocico por un agujero de la cerca:

—Les dije que recuperaría a mi Hattie. Y ahora sé cómo hacerlo.

Capítulo 13

Una vez que entramos a la casa, ¡no puedo dar crédito a mi olfato! Un inconfundible y maravilloso aroma a espaguetis con albóndigas sale del Lugar de Comer. Se me hace la boca agua. ¡Yupi! ¡Es la hora de comer!

Pero mientras Hattie cuelga mi correa, me trago mi entusiasmo. No debo distraerme. Tengo un plan para recuperar a Hattie, y nada va a detenerme.

El Señor Busca-y-trae cuelga su gorra y los dos guantes de cuero. El más grande sobre la gorra y el más pequeño sobre la correa.

Observo a Hattie, que entra al Lugar de Comer sin dejar de mover su cola de caballo. Mi hocico se llena de la deliciosa fragancia del aire. ¡Me encantan los espaguetis con albóndigas!

Pero ahora debo concentrarme en mi misión. Corro a la puerta de entrada. Los guantes están muy altos.

Doy un gran salto. Me estiro lo más que puedo. Pero por más que lo intento, no logro llegar. Y, ¡mmmm, mmmm!... ¡Ah! Los espaguetis huelen absolutamente deliciosos. Y me muero de hambre...

Quisiera pedirle a Hattie que me acerque un plato, pero no debo distraerme. ¡Recuperar a mi Hattie es lo más importante!

Salto una y otra vez. Casi alcanzo la punta de la correa. Salto una vez más y trato de agarrarla con los dientes.

¡Al fin! Muerdo el enganche y le doy un jalón. ¿Se movió el guante de Hattie un poquito?

Miro hacia arriba. Se movió hacia un lado. ¡Tengo que intentarlo otra vez!

Estoy listo para darle otro jalón cuando oigo caer comida en mi plato. Me ruge la barriga.

—Fenn-waay... —Escucho la voz melodiosa de Hattie.

Quiero concentrarme en mi tarea, pero mi barriga manda. Corro hacia el Lugar de Comer.

Mi plato repleto de deliciosa comida está en medio del Malvado Piso. Hattie me mira con resolución.

—¡Fenway, ven! —llama.

Meto el hocico por la puerta. Me ruge la barriga.

Miro a Hattie con ojos caídos, tristones. Gimoteo.

—Hattie, ¿es que no te doy pena? Me muero de hambre y no puedo llegar a la comida.

Pero en lugar de alcanzármela tal y como suele hacer, no se inmuta. Se queda mirándome.

—Ven, Fenway —llama otra vez dando palmadas.

Oh, oh. Algo anda mal. La mirada de Hattie no revela preocupación o empatía. Y su voz suena casi... autoritaria. ¿Convincente?

Miro la comida en mi plato. Despide un olor delicioso. En espera de un perro voraz que la devore.

Pero ese Malvado Piso se interpone en mi camino. ¡Pura tortura!

Me echo en el piso y gimoteo durante Mucho, Mucho Tiempo. En vano. Hattie continúa llamándome una y otra vez. Como si por uno de esos milagros yo lograra conquistar el Malvado Piso y zamparme la comida.

¿Por qué no me la trae?

Es algo totalmente incomprensible. En verdad mi Hattie está cambiando tal y como Goldie y Patches dijeron que sucedería. Tengo que recuperarla. Tengo que esforzarme más.

Pero ahora estoy muerto de hambre. Y agotado. Me acurruco para descansar.

Y, de repente, todo cambia en un segundo. Hattie se acerca y sostiene la correa.

—¡Hurra! ¡Hurra! —ladro saltando a sus piernas—. ¡Vamos de paseo!

Todos entramos al auto. Estoy tan emocionado que casi me olvido del hambre que tengo hasta que me llega el olor que sale de la mochila de Hattie. ¡Guau! ¡Está llena de galletitas! ¡Y tengo un hambre canina!

Le lamo la mejilla y a continuación saco el hocico por la ventanilla mientras recorremos las calles. La cálida brisa cierra mis ojos.

Cuando el auto se detiene, mi cola empieza a moverse fuera de control. Y es que mi hocico percibe maravillosos y conocidos olores.

¡Estamos en el Lugar de las Galletitas! ¡Voy a ver a mis nuevos amigos!

—¡Apúrate, Hattie! ¡Apúrate! —ladro rasguñando la puerta del auto—. ¡Vamos!

Salimos apresuradamente del auto y halo a Hattie a través del estacionamiento. Cuando llegamos a la puerta veo a Lance, el labrador amarillo.

—Hola, amigo —dice amablemente mientras nos olfateamos.

—¿Qué hay de nuevo, Lance?

—Nada —contesta él, y la expresión de su cara lo confirma.

El humano de Lance abre la puerta para darnos paso. Entramos a la misma sala que huele maravillosamente.

Y también están los mismos perros de antes, cada uno con sus humanos. Sadie, la rolliza beagle, está echada de lado como durmiendo una siesta, mientras que Rocky, el basset hound, intenta halar a su humano para sacarlo de ese lugar.

La Señora Comida y El Señor Busca-y-trae enseguida entablan conversación con los otros humanos. Halo a Hattie alrededor de la sala para saludar a mis nuevos amigos.

—Despiértate, Sadie —le digo una vez que olfateo su cola—. Pronto nos darán las galletitas, ¿recuerdas?

Con esfuerzo, alza la cabeza:

—Créeme, que lo recuerdo, cariño —dice ella—. Pero espero que sea más fácil conseguir esos deliciosos bocados. El trabajo extenuante no es para mí.

Cuando pasamos junto a Rocky, veo que tiembla.

—Relájate —le digo—. Piensa en las deliciosas galletitas.

—Fenway, no entiendo por qué estás tan contento —dice con un leve estremecimiento.

—¿Y por qué no iba a estar contento? —digo saltando y oliendo la mochila de Hattie varias veces—. ¿Tienes algún problema con tus orejas, Rocky? ¡Te dije que nos van a dar galletitas!

Mira a su humano como si ningún bocado pudiera levantarle el ánimo. No entiendo por qué está tan deseoso de regresar a su casa. ¿Le esperará una pila de chuletas?

Cuando la Humana se acerca, los otros humanos le dirigen toda su atención. Se ve que ejerce un gran poder sobre ellos.

Hattie respira profundamente. Parece estar lista para algo.

Yo también estoy listo. Brinco y salto a sus piernas cuando abre el zíper de su mochila. ¡Hurra! ¡Hurra! ¡Galletitas!

Se me hace la boca agua. Me ruge la barriga. Anoche no cené, pero ahora voy a comer galletitas. ¡Una mochila repleta de galletitas!

—¡Yupi! —ladro dando vueltas alrededor de sus pies— ¡No me aguanto las ganas!

Hattie cierra el puño y lo alza sobre mi cabeza.

—¡Fenway, siéntate! —dice.

Comienzo a saltar y a olfatear como loco. En su mano hay una deliciosa galletita. ¡No cabe duda!

—¡Dámela, Hattie! ¿A qué esperas?

Hattie parece desconcertada.

—¡Siéntate! —dice—. ¡Fenway, siéntate!

¡Yupi! —ladro saltando a sus piernas. Casi alcanzo su puño. Casi puedo saborear ese delicioso bocado.

Pero Hattie mantiene el puño cerrado. Y la galletita dentro.

—¡Siéntate, Fenway! —dice otra vez con los ojos aguados—. ¡Siéntate! ¡Siéntate! ¡Siéntate!

Toco su mano con el hocico en un esfuerzo desesperado para que se abra.

—¡Estoy listo! ¡Más que listo! —ladro.

Pero, justo entonces, la Humana se acerca y nos rodea. Huele a perros y a galletitas, pero también huele decidida. Y su voz es mandona. Hattie la escucha atentamente. Cuando la Humana termina de hablar, Hattie asiente con la cabeza.

Entonces, sin previo aviso, Hattie se vira hacia mí. Me mira directamente a los ojos, respira profundamente y sostiene el puño sobre mi hocico.

—¡Siéntate! —ordena con convicción.

Guau, obviamente quiere que haga algo. ¿Pero qué? Su postura me recuerda aquella vez que me senté y la Humana me dio una galletita. Me dejo caer sobre el trasero sin dejar de mirar su puño. Cuando se abra, no me voy a perder ese delicioso bocado.

Hattie da saltos de alegría.

—¡Hurra! —dice. Y, de repente, una galletita cae en mi boca.

¡Ñam! ¡Divino! ¡Absolutamente deliciosa! Mastico el crujiente bocado en un estado de pura felicidad que, lamentablemente, termina muy pronto.

Hattie le sonríe a la Humana, que le da una palmadita en el hombro.

—¡Más, por favor! —ladro.

Hattie sostiene otra galletita sobre mi hocico.

—¡Quieto! —ordena, y da un paso atrás.

Pero si no me he movido.

—¡Hurra! —grita otra vez, y otra deliciosa galletita cae en mi boca.

¡Ñam! Tan deliciosa como las anteriores. Otro momento sublime de mascar y masticar que ojalá nunca terminara.

El Señor Busca-y-trae y La Señora Comida sonríen. Le dan palmaditas en la espalda a Hattie. Ella sonríe oronda. Como si hubiese ganado una competencia. O una batalla.

Seguramente están contentos de que al fin yo haya podido comer algo. Y no son los únicos. Mi barriga no para de rugir. Me muero por comer más.

Hattie está distraída hablando con El Señor Busca-y-trae y La Señora Comida, lo que significa una sola cosa: oportunidad.

Olfateo hasta llegar a la mochila de Hattie. Mi olfato no me engaña: está llena de galletitas. ¡Y está detrás de ella, en el piso!

Meto la cabeza dentro. ¡Vaya!, está repleta. ¡Lo sabía!

¡Ñam! ¡Ñam! ¡Ñam! Me zampo una tras otra. No puedo parar. ¿Y por qué habría de hacerlo? Hay tantas galletitas como para toda una vida. ¡Estoy dentro de una bolsa de Manjar del Cielo!

—¡FEN-way! —grita Hattie.

¡Ay! Siento que me halan por el cuello de la correa y me sacan de la mochila.

—Pero ¿por qué haces eso? —ladro tratando de zafarme.

Hattie tiene el ceño fruncido. Los hombros caídos. Respira con dificultad. Gruesas lágrimas corren por sus mejillas. Algo me dice que el festín ha llegado a su fin.

Capítulo 14

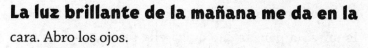

La luz brillante de la mañana me da en la
cara. Abro los ojos.

Aseguro las patas delanteras en el piso y me estiro
hacia atrááááás todo lo que puedo. Recojo mis patas
traseras y ensancho el pecho. Miro a mi alrededor.

¡Caramba, no estoy en la cama de Hattie! Estoy en el
mismo lugar de ayer. ¿Acaso dormí aquí otra vez?

Voy hacia la entrada y me llevo otra sorpresa. La
Reja la bloquea. ¿Qué he hecho yo para merecer esto?
¿Dónde está Hattie?

Trato de recordar... el viaje de regreso a casa en auto,
Hattie mirando a través de la ventanilla... subiendo,
dejándome aquí y, por último, cerrando La Reja...

Lanzo un pequeño gemido. Los recuerdos son

demasiado dolorosos. Otra noche solo, acurrucado en el duro piso de madera. ¿Y qué pasó con la rutina de cepillarme el pelo antes de dormir? ¿O la dulce voz de Hattie cantando *Amigos inseparables*? ¿O la confortable manta con olor a menta y vainilla? ¿Se han ido para siempre?

Pero de algo estoy seguro, así no es como debe ser. Tengo que hacer algo. Tengo que recuperar a mi Hattie.

Me acerco a La Reja.

—¡Hattie! ¡Hattie! —ladro lo más alto que puedo—. ¡Por favor, ayúdame! ¡Estoy atrapado y no puedo salir! —Añado uno o dos aullidos como refuerzo.

Pero, cuando me callo, todo es un absoluto silencio. Empiezo a pensar que quizá ella se ha ido y no va a regresar más. Y, entonces, escucho el ruido de mi correa y pisadas que suben.

—¡Lo sabía! ¡Lo sabía! —ladro dando vueltas en círculo. Estoy tan feliz que casi me olvido de correr a darle la bienvenida:

—¡Te extrañé mucho!

Hattie se inclina y me alza por encima de La Reja.

Le lamo la mejilla, pero ella vira la cara. Huele enojada.

Me pone en el piso para colocarme la correa.

¡Hurra! ¡Hurra! Vamos de paseo. Salto sobre sus piernas.

—¡Me muero de ganas!

—¡Fenway, siéntate! —dice Hattie frunciendo el ceño.

¡Yupi! ¡Galletitas! Ya empiezo a dar vueltas.

—¡Siéntate! —me ordena presionándome con la mano. Que no tiene galletitas.

Me libero de su presión. Huelo su bolsillo. ¿Dónde están las galletitas?

Hattie lanza un suspiro. Agarra mi collar y engancha la correa resoplando. Y, a continuación, bajamos rápidamente la escalera.

Salimos por la puerta del patio al Parque de Perros en dirección a los arbustos. Hattie se detiene y espera.

Y ahora que lo pienso, tengo algo importante que hacer.

Estoy a punto de terminar cuando detecto un repugnante olor a ardilla. Con el hocico pegado al suelo me dispongo a rastrear el olor cuando siento un jalón por el cuello...

Es Hattie que me arrastra por el césped hasta subir al porche.

—¿Cuál es el apuro? —ladro—. Si acabamos de llegar.

Pero parece que no me oye. Entramos a la casa y subimos las escaleras hasta llegar a ese tedioso y solitario lugar. Detrás de La Reja.

Sin pasarme la mano por el lomo o hacerme una caricia, desaparece.

Me dejo caer en el piso. ¿Por qué hace eso Hattie? ¿Por qué ha cambiado? ¿Por qué no puede ser la Maravillosa Hattie de siempre?

Me hago un ovillo resignado a que pase el Día Más Aburrido del Mundo. He debido adormecerme un rato. Cuando obro los ojos, escucho sonidos que provienen de la ventana. Me acerco a investigar.

¡Pum!

—¡Sí! —Se escucha la voz alegre de Hattie.

Tengo que averiguar qué pasa. Me subo a una caja que está junto a la pared. Me estiro hasta descansar las patas delanteras en el alféizar de la ventana. Me paro sobre la punta de las patas traseras y miro a través de la tela metálica hacia el Parque de Perros. Veo el césped, la cerca y, a lo lejos, el árbol gigante. Por alguna razón todo se ve mucho más pequeño.

Hattie y El Señor Busca-y-trae están de pie cada uno a un lado del Parque de Perros con las gorras puestas. Cada uno tiene un guante en la mano. El Señor Busca-y-trae echa un brazo hacia atrás como si fuera a lanzar la pelota. Excepto que no tiene pelota.

Hattie asienta con la cabeza. Aprieta el guante contra su pecho. Entonces lo abre y saca una pelota blanca. Se pone en la misma posición que había adoptado El Señor Busca-y-trae y le lanza la pelota.

Él da un salto, extiende el guante lo más que puede hacia un lado y, *¡pum!*, agarra la pelota con el guante.

—¡Viva! —grita Hattie, y se pone a dar vueltas agitando los brazos en alto.

Empiezo a jadear agitadamente. Mis humanos juegan en el Parque de Perros mientras que su fiel perro está atrapado en este tedioso lugar. Se ven contentos; parece que se están divirtiendo. Como si ni siquiera se dieran cuenta de que falta alguien importante. Esto no es normal. ¡Tengo que hacer algo!

Pero, justo entonces, mis oídos captan otros ruidos. Al otro lado de la cerca.

¡Clinc! ¡Clinc! ¡Tilín! ¡Tilín!

¡Vaya! Algo desvía mi atención. Al lado de nuestro Parque de Perros hay otro igual. Con césped y arbustos, y una cerca alrededor. No tiene un árbol gigante, pero tiene dos perros, un labrador amarillo y un perro blanco con manchas negras. ¡Pero si son mis amigas!

Se ven muy contentas también. Goldie olfatea los arbustos. Patches se revuelca en el césped. Todos se divierten, y yo estoy aquí solo.

¿O quizá no?

—¡Muy bien! —se escucha de cerca. Parece que alguien más está aquí arriba.

Me vuelvo en dirección hacia donde proviene la voz, justo arriba del Parque de Perros de mis amigas. A través de una ventana, a la misma altura de la mía, sobresale la cabeza de una pequeña humana. Con gorra y cola de caballo. ¿Ángela?

Observa a Hattie y a El Señor Busca-y-trae. Sonríe y alza el puño en alto.

¿Por qué está Ángela en la ventana cuando Goldie y Patches juegan en el Parque de Perros? Es algo que no entiendo. Me vienen a la mente las palabras de Patches. *«Es algo muy doloroso. Igual que ocurrió con nuestra pequeña Ángela, la misma pelota, el mismo guante...».*

Hattie abraza el grueso guante como si fuera el oso-que-una-vez-fue. O un adorable cachorro.

La voz de otra persona humana se escucha directamente bajo mi ventana. ¡La Señora Comida!

El Señor Busca-y-trae se vira y le lanza la pelota a Hattie. Ella se estira hacia delante y la agarra con el guante. Una vez más sonríe.

El Señor Busca-y-trae corre en dirección a la casa y se pierde de vista. Escucho la puerta del patio que se abre y se cierra de golpe.

Hattie da vueltas feliz. Lanza la pelota al aire y ve cómo cae, ¡pum!, en su grueso guante. Una y otra vez.

Mis orejas se pliegan de tristeza. Mi pequeña humana juega ella sola. Eso no está bien. ¿Es que ya no me necesita?

—Por favor, Hattie —gimoteo—. Juguemos a la pelota juntos igual que antes.

Hattie mira hacia arriba. Tiene una mano en la cadera, frunce el ceño y niega con la cabeza. Vuelve a lanzar la pelota. Como si solo quisiera hacer eso o nada más le importara.

—¡Por favor, por favoooor, Hattie! —gimoteo—. Te dejaré ganar. ¡Te lo prometo! —Apoyo las patas en el alféizar de la ventana. Salto más alto y empiezo a rasguñar la tela metálica...

Hattie mira hacia arriba alarmada:

—¡FEN-way! —grita. Corre en dirección a la casa y desaparece casi inmediatamente. Oigo el ruido de la puerta.

—¡Hurra! ¡Hurra! —Me bajo de un golpe y comienzo a correr alrededor del cuarto—.

¡Sabía que vendría!

En un momento Hattie llega a La Reja:

—FEN-way —dice con voz regañona.

¿Pero qué he hecho? Si aquí no hay nada que hacer.

Me alza en brazos y me vuelvo loco lamiéndole la mejilla.

—Estoy feliz de que hayas regresado —ladro entre

125

sorbos. Sabe salada y dulce a la vez. Y a algo más también. ¿Resuelta?

Estoy tan feliz de estar en sus brazos que me acurruco en su cuello mientras bajamos y andamos por la casa. Cuanto más me habla con ese tono severo, más me acurruco a ella.

Pero una vez que llegamos a la puerta del porche, me acaricia la espalda. Sabía que no podría resistirse a su adorable e inseparable amigo. Me deja en el porche y empiezo a dar vueltas.

—¡Yupi! —ladro—. ¡Por fin vamos a jugar!

Pero a lo mejor Hattie se ha cansado de jugar. La puerta se cierra y ella desaparece.

Se me parte el corazón. ¿Pero qué pasó?

No puedo continuar así. Tengo que recuperar a mi Hattie. Para siempre.

Me echo en el piso para rascarme y súbitamente me doy cuenta de que la oportunidad que esperaba está ahí mismo, en el porche.

Capítulo 15

Me quedo mirando el guante fijamente durante uno o dos segundos. No puedo creer que finalmente nos encontremos cara a cara. ¡Prepárate para lo que te espera, Guante Perverso! Tú eres la causa de todos los problemas.

Gruño y le muestro mis afilados dientes. Corro y brinco y me abalanzo sobre él.

Lo agarro fuertemente con los dientes; muevo la cabeza de un lado a otro. El guante es más duro y pesado de lo que había pensado. ¡Y vaya si tiene cuero!

Lo dejo caer en el piso del porche. Estoy listo para el ataque.

Me muevo cautelosamente alrededor del contorno del Guante sin apartar la vista de su lisa superficie. Ahí posiblemente radica su vulnerabilidad. Y he de dar con ella.

¡Ajá! Veo un pedazo de tira, como el cordón de un zapato. El lugar ideal para comenzar. Examino el guante con más detalle y veo más tiras.

Muchas más. ¡Posiblemente millones!

¿Será posible que este sea el Trabajo Más Fácil del Mundo? Me dispongo a morder la tira más cercana a mí. Halo y halo con toda mi fuerza. ¡No descansaré!

Pero la tira se resiste. Tengo que parar y descansar; jadeo patéticamente. Entonces mi vista se fija en un trozo de tira que parece más vulnerable. Allá voy. He estado afilando mis dientes toda mi vida para una situación como esta. *¡Ñam!*

Halo una y otra vez. Me duelen las mandíbulas, pero continúo. Sostengo el guante con las patas delanteras y descanso el peso de mi cuerpo en las patas traseras. Entonces echo la cabeza hacia atrás, bien atrás.

Continúo haciendo lo mismo durante Mucho, Mucho Tiempo. De vez en cuando escucho las voces de mis amigas del otro lado de la cerca murmullando entre ellas.

«¿Qué estará pasando?», —me pregunto.

Pero este no es el momento de ser sociable. Nada debe distraerme de mi objetivo. Después de morder y halar muchas veces, finalmente oigo un ruido esperanzador, como algo que se rasga. ¿Habré hecho algún progreso?

Con cada sacudida, la tira se rompe más y más. Sigo halando y halando. Finalmente, un pedazo se desprende. Lo escupo al piso del porche, jadeando y babeando.

Inspecciono el daño en el Guante. A excepción de unos mordiscos luce exactamente igual que antes. Algo está claro: ¡aún queda mucho trabajo por hacer!

Por suerte, todavía hay millones de tiras. Hinco los dientes, muerdo, mastico hasta que mis mandíbulas se entumecen de dolor. Escupo más y más trozos. Algunas tiras se deshilachan o se rasgan. ¡Pero nada puede detener a un perro decidido como yo!

Estoy verdaderamente agotado, pero esto es muy importante. Tengo que acabar mi trabajo. ¡Por encima de todo!

Me cuelga la lengua, no dejo de babear, mi respiración es jadeante. Me duelen los costados. Doy un paso atrás para observar lo que queda del Guante.

La mayoría de las tiras están rotas o tiradas por el suelo. La parte gruesa del cuero está llena de huecos y rasguños. No hay lugar a duda: este Guante ha sido víctima de un feroz ataque.

Agotado, me tumbo en el porche. Lo único que deseo es una bien merecida siesta bajo el sol.

Pero, por alguna razón, mis amigas deciden entablar conversación en ese preciso momento.

—¿Fenway? —me llama Patches algo preocupada—. ¿Está todo bien?

De alguna manera, encuentro las fuerzas para llegar a la cerca.

—Todo está más que bien —contesto ensanchando el pecho—. De hecho, todo es perfecto.

—¿De verdad? —dice Goldie resoplando.

—Hattie no volverá a jugar con ese Guante nunca más. Y es probable que tampoco suba al árbol. Ella va a volver a ser mi Hattie, igual que antes. Y todo gracias a mí.

—Pareces muy seguro —dice Goldie—. ¿Cómo puede un perro cambiar a una pequeña humana?

—A lo mejor ustedes nunca lo han intentado —digo—, o a lo mejor no tenían un buen plan.

—Ah, ¿y tú sí?

—No es que quiera fanfarronear ni nada parecido. Pero digamos que no le tengo miedo al trabajo duro.

—¿Nos estás llamando vagas? —dice Goldie molesta.

—Oigan, que yo no las juzgo.

—Es que no queremos que tus esperanzas se vayan a pique —dice Patches.

—Hablamos por experiencia propia —dice Goldie.

—El hecho de que ustedes perdieran a Ángela y no pudieran recuperarla nada tiene que ver conmigo y con Hattie. Es como comparar una pelota con un *frisbee*.

—Feenway —dice Patches dudando, como si no se atreviera a continuar—, estamos tratando la situación con delicadeza. Intentamos ser comprensivas y solo queremos ayudarte. Pero tienes que aceptar la realidad. Nada puede lograr que un pequeño humano vuelva a ser como antes.

—A lo mejor ustedes no pueden admitir que fracasaron en su intento con Ángela —les digo—. Y están celosas de que yo vaya a recuperar a Hattie.

—Oye, qué dices —protesta Goldie—. No estamos celosas.

—Solo tratamos de ayudarte —añade Patches.

—¿Por qué no ahorran sus buenas intenciones para alguien que verdaderamente las necesite? —digo alzando la voz—. Hattie va a volver a ser la misma de antes. Esperen y verán.

—¡Bah! —dice Goldie.

Se escucha el ruido de la puerta del patio y todos nos giramos para mirar. ¡Son Hattie y Ángela!

—Parece que se va a presentar la oportunidad —dice Patches.

—Fíjense y aprendan —les digo mientras corro al porche.

Las pequeñas humanas están en el porche, tienen puestas gorras y sus colas de caballo se balancean por atrás. Ángela tiene un guante grueso en una mano.

—¡Hurra! ¡Hurra! Es hora de jugar —ladro saltando a las piernas de Hattie—. Qué contento estoy de que hayas regresado. ¡Te he extrañado tanto!

Pero, en lugar de agacharse para acariciarme, Hattie se pone derecha. Le lanza una mirada a Ángela y luego me mira fijamente.

—¡Siéntate! —me ordena con firmeza mientras le doy suaves golpes en las piernas. Me señala el suelo.

Sé que trata de decirme algo. Pero ¿qué? ¿Acaso hay galletitas en el suelo? ¿Cómo es que no las veo? Doy vueltas y vueltas olfateando el área alrededor de sus pies. ¡Tengo que encontrarlas!

—¡Ajá...! —escucho a Ángela decir.

Continúo olfateando, pero no logro dar con las galletitas. ¿Qué pasa? Todo lo que veo son los trocitos de cuero del Guante.

Aparentemente, Hattie también los ha visto.

—¿Qué? —grita recogiendo el Guante del suelo. Le da la vuelta inspeccionando el daño.

132

Ángela se acerca, con las manos en la cintura, y lo examina también.

Las piernas de Hattie comienzan a flaquearle. Es obvio que se ha llevado una gran decepción con el Guante.

¡Funcionó! Mi cola empieza a moverse sin parar. Hattie ya no va a querer jugar con ese Guante. Ahora podremos jugar a perseguirnos.

—¡Anda, Hattie! —ladro bajando los escalones del porche—. ¡Atrápame si puedes! —Y salgo corriendo a través del césped.

¡Enseguida sale disparada detrás de mí, y Ángela también! Sabía que era la Mejor Idea del Mundo, pero debo admitir que ha funcionado mejor de lo que había pensado.

—¡FEN-way! —grita Hattie.

Corremos zigzagueando alrededor del Parque de Perros. Las orejas se me echan hacia atrás con el viento, y mi pelaje se ondula con la brisa. Mi lengua ladea. Espero que mis amigas estén mirando. No quisiera tener que decirles «se los dije», pero...

—¡FEN-way! —grita Hattie aún más alto; da la sensación de parecer enojada. A ella le encanta jugar a perseguirnos tanto como a mí. ¡Es nuestro juego preferido!

Estoy corriendo alrededor del árbol cuando veo que

Ángela viene hacia mí por el otro lado. ¡Ah! ¿Acaso me consideran un principiante? Inmediatamente me doy la vuelta y cambio de dirección.

Pero cuando salgo por el otro lado, me topo con Hattie. Y Ángela detrás de mí. ¡Estoy acorralado!

Es importante ganar, pero hay cosas peores que ser atrapado por mi Hattie. Además, no tengo escapatoria.

Hattie me alza en brazos. Le lamo la mejilla. Pone cara de pocos amigos. Huele a enojada. Muy enojada.

Capítulo 16

¡Caramba! Si yo fui el que perdió, ¿por qué Hattie está tan enojada?

Me sostiene con los brazos extendidos y me mira intensamente frunciendo el ceño.

—¡FEN-way! —grita más fuerte y enojada que nunca. No deja de gritar, no suena como Hattie. Suena como alguien desconocido.

Y también luce como alguien que no conozco. Tiene los hombros tensos y le tiemblan las manos. Tiene la cara hinchada y furiosa. Se le humedecen los ojos.

—¡Perro malo, malo! —grita jadeando. Su voz es una horrible combinación de furia y dolor. Lágrimas corren por sus mejillas—. ¡Perro malo, malo! —gime entre sollozos.

Tengo las orejas caídas, los ojos entristecidos. Duele

mucho ver la expresión de su rostro. Incluso mi pelaje languidece de tristeza. Me encojo, trato de zafarme, pero ella me sostiene con fuerza y no hay forma de escapar.

—¡Perro malo, malo! —grita una y otra vez como si fuese ella la que está dolida.

¿Pero qué pasa? ¿Por qué Hattie está enojada conmigo? Estábamos jugando a perseguirnos, su juego favorito. Nos estábamos divirtiendo, incluso dejé que ella ganara.

Hattie me agarra la cara y hace que la mire fijamente. Vuelve a decir esas palabras: «perro malo, malo» mirándome a los ojos. Como si quisiera que yo lo entendiera.

—Es muy triste ver lo que está pasando —murmura Goldie.

—O escuchar —dice Patches.

Y yo que pensaba que las cosas no podían empeorar. Mis amigas estaban en lo cierto. Hattie ha cambiado. Y ahora además de esta horrible agonía, tengo que sufrir esta humillación también.

Todo lo que quiero hacer es huir lejos. Trato de zafarme de los brazos de Hattie, pero me sostiene fuertemente. Es sin lugar a duda el Peor Día de Mi Vida. Bajo la cabeza y comienzo a gimotear. ¿Cuándo terminará esto?

Y así, sin más, Hattie me deja en el piso. Sube los escalones del porche corriendo, entra a la casa y cierra la puerta de golpe.

Ángela emite un pequeño grito de sorpresa y sale corriendo tras ella.

Me acurruco en la hierba y me tapo los ojos. Si pudiera encogerme más, posiblemente desaparecería.

—Mi corazón sufre por él —murmura Goldie.

—Ojalá hubiese algo que pudiésemos hacer —dice Patches.

Una abeja zumba feliz sobre mi cabeza, como si lo único importante fuera la próxima flor.

—¡Fuera de aquí! —grito.

Debo haber estado acostado en la hierba por Mucho Tiempo, porque el sol está ahora más bajo en el cielo. La Señora Comida abre la puerta.

—Fenn-waay —llama como cualquier otro día a la hora de cenar.

¿Será acaso la hora de cenar de costumbre? Quizá lo que pasó, pasó ya. Corro adentro y asomo la cabeza en el Lugar de Comer.

Mi plato está lleno de comida. Pero está en el mismo lugar de siempre: en el Malvado Piso. Y esa no es la única mala noticia: El Señor Busca-y-trae está sentado a la mesa, pero ¿dónde está Hattie? ¿Se ha ido?

¡Tengo que encontrarla! Salgo corriendo y subo las

escaleras volando. Cuando llego al cuarto de Hattie, estoy totalmente sin aliento. Y totalmente aliviado.

Buenas noticias: ¡ella está ahí! Quisiera dar vueltas para celebrarlo, pero observo algo terriblemente sospechoso.

Hattie abre gavetas y empaca cosas en una bolsa. Me acerco a inspeccionar, pero ella me sostiene por el collar.

—¡Para! —me grita, y me aparta a un lado. Toma una manta enrollada del clóset. Muerdo una punta de la manta para jugar a «tira y afloja», pero Hattie, contrariada, vuelve a gritar—: ¡Para ya!

Me aparto. Hattie está enojada. Y está empacando cosas. Lo cual solo puede significar una cosa: ¡se va!

Hay que detenerla. O La Señora Comida y El Señor Busca-y-trae no se han dado por enterados o no saben cómo detenerla. Como de costumbre, el trabajo me corresponde a mí. Si al menos supiera cómo hacerlo.

Hattie toma su gorra para echarla en la bolsa junto con las otras cosas. Pero, de repente, se detiene. Frunce el ceño y la lanza encima de la cómoda.

Mira alrededor de la habitación como buscando otras cosas que empacar. Sigo su mirada hacia la cama. ¡Ajá! ¡El-oso-que-una-vez-fue! ¡Ya sé cómo detenerla!

Enseguida me subo y lo agarro. Me bajo y comienzo a dar vueltas por la habitación. ¡Ajá! Ahora sí que Hattie no se va.

Hattie se echa la pesada bolsa sobre el hombro y con el brazo sostiene la manta enrollada.

Doy saltos frente a ella agitando el oso-que-una-vez-fue, listo para salir corriendo tan pronto ella se lance a atraparlo.

Pero apenas me presta atención. Va hacia la puerta y sale corriendo por el pasillo.

Caramba, ¿cómo es posible que no funcione? Dejo caer el oso-que-una-vez-fue y salgo corriendo tras ella. Tengo que alcanzarla a toda costa.

Hattie entra corriendo al Lugar de Comer, donde El Señor Busca-y-trae y La Señora Comida la saludan un poco consternados. La voz de El Señor Busca-y-trae es tranquilizadora. La Señora Comida más bien suena suplicante.

Hattie aprieta la manta enrollada contra su pecho. Está tensa y tiembla como si estuviera lista para una pelea. No para de dar gritos; gruesas lágrimas corren por sus mejillas. Finalmente, da una patada en el piso. Mira a sus padres fijamente esperando su reacción.

Pero no dicen nada. El Señor Busca-y-trae baja la cabeza; entonces levanta la vista y mira a La Señora Comida con ojos tristes. Ella le devuelve la mirada apoyando una mano en la frente. El Señor Busca-y-trae abre la boca para decir algo, pero calla. Los ojos de La Señora Comida se llenan de lágrimas.

¿Qué les pasa? ¿Es que no se dan cuenta de que Hattie se va a ir de la casa? Ni siquiera le dicen nada. ¿Por qué no hacen algo para detenerla?

La Señora Comida se encoge de hombros; parece que se da por vencida. El Señor Busca-y-trae suspira profundamente y rodea a su esposa con el brazo.

—Dé-ja-la-ir —dice.

No tengo la menor idea de lo que él acaba de decir, pero no están haciendo nada para impedir que se vaya. Hattie no puede irse. ¡Tengo que encontrar la manera de detenerla!

El Señor Busca-y-trae le habla a Hattie, y su voz suena inquietante. Va a la alacena y de un cajón saca una pequeña linterna. La Señora Comida abre otro cajón y saca una botella que reconozco al instante. Hace un sonido, como un siseo, y rocía un vapor asfixiante y apestoso. Me aparto, aunque no hay manera de que ella me pueda alcanzar.

Hattie va hacia la puerta del porche. El Señor Busca-y-trae y La Señora Comida la siguen con la pequeña linterna y el asfixiante *espray*. ¿Es que acaso la van a ayudar a irse?

Tengo que hacer algo. ¡No puedo permitir que mi pequeña humana se vaya!

Estoy dando vueltas en círculo desesperado por que se me ocurra alguna idea cuando, de pronto, veo la manta enrollada de Hattie. Y el bolso con sus cosas.

Justo en medio del Malvado Piso.

¿Cuánto tiempo pasará antes de que se dé cuenta de que se le han olvidado y regrese? Puedo coger la manta. ¡Y la bolsa también! ¡Puedo esconderlas donde nunca se le ocurriría buscarlas!

Entonces no podrá marcharse.

¡Es la Mejor Idea del Mundo!

Pero tengo que apurarme. Puede regresar en cualquier momento.

Estoy listo para correr al Lugar de Comer cuando me doy cuenta del fallo de mi plan.

Sus cosas están en el Malvado Piso.

Ya me enfrenté a esta situación antes. Y no gané la batalla.

Pero esta vez la situación es diferente. ¡Tiene que haber alguna manera!

Corro de un extremo a otro del pasillo. ¿Cómo puedo hacer para recuperar las cosas de Hattie del Malvado Piso?

Estoy agotado de tanto correr de aquí para allá. Pero soy un profesional. La misión de mi vida es proteger a mis humanos de cualquier peligro. No puedo permitir que el Malvado Piso impida que yo haga mi trabajo.

Deslizo una pata sobre la malvada superficie. Está tan lisa y resbaladiza como siempre, pero un perro tiene que hacer lo que ha nacido para hacer.

Planto las dos patas delanteras en el resplandeciente piso. Al instante la pata marrón se desliza. La blanca se dobla torpemente bajo mi pecho. Me desplomo, *¡pum!*, a todo lo largo de la entrada.

—¡Ay! —grito—. ¡Ay, ay, ay, ay!

Afinco las patas traseras en la alfombra. Regreso una vez más a la seguridad del pasillo. Me lamo la pata para aliviar el dolor. Es una pena que no pueda lamer lo que en realidad me duele. Hattie se va y no me lleva. Dejo de lamerme la pata para gruñirle al Malvado Piso.

Ya me las pagarás. De alguna manera.

Hattie regresa al Lugar de Comer tan resuelta como antes. Aunque a juzgar por el nauseabundo olor, perdió la batalla con el *espray*. Recoge la manta y la bolsa. Se da la vuelta y se va. Escucho cómo se abre la puerta del porche. Ella se va sin decir adiós. Ni siquiera se vuelve para verme.

Corro hacia la puerta y miro a través de la tela metálica.

Hattie trepa al árbol gigante. Y, entonces..., desaparece.

Capítulo 17

Sin Hattie, ¿qué me puede ya importar?

Nada nunca será igual. Me echo y miro con impoten-
cia hacia fuera. Cuando La Señora Comida y El Señor
Busca-y-trae entran a la casa, prácticamente tropiezan
con mi cuerpo inerte. Mis músculos no se moverían ni
aunque los sobornara. Que es aparentemente lo que mis
humanos tratan de hacer conmigo.

—Fenn-waay —La Señora Comida me llama con voz
dulce. Señala mi plato desde el Lugar de Comer. Como si
yo no supiera dónde está.

El Señor Busca-y-trae me acerca un trocito de comida a la nariz. No tengo ningún interés en olfatearlo.
Me presiona un costado del cuerpo. Lanzo un suspiro, y
él parece sentirse aliviado.

Se dirigen a la Sala de Estar. Escucho el familiar *¡click!* y sonidos que provienen de la Pantalla Luminosa.

Más tarde, El Señor Busca-y-trae abre la puerta del porche.

—Fenway—dice con más autoridad esta vez. Cuando no me molesto en levantarme, me carga en brazos, me lleva afuera y espera a que riegue los arbustos.

A través de la oscuridad, los dos miramos en dirección al árbol gigante. Pero no hay señal de ella. Solo una repugnante ardilla que corre a lo largo de la cerca.

El Señor Busca-y-trae se encoge de hombros y entramos a la casa. Cuando cierra la puerta, presiono el hocico contra la tela metálica, como si fuera a verla bajar del árbol y correr hacia mí. No puedo evitar un sollozo.

—Fenway —dice El Señor Busca-y-trae con un suspiro. Me aparta de la puerta y me deposita en el pasillo. Entonces viene La Reja. Las luces se apagan. Y me quedo solo.

Estoy acostado en el pasillo durante Mucho Tiempo. Siento los párpados pesados. Se me cierran por un segundo. Y entonces...

Estoy en el Parque de Perros. Veo el perro caliente más

grande que haya visto jamás. Es del tamaño de nuestro auto. Y rebosa de deliciosos condimentos. Listo para que yo corra hacia él y le dé una mordida.

¡Caramba! ¡Qué dicha la mía! ¡Me muero de ganas de hincarle el diente!

Estoy listo para darle una mordida a una punta cuando, de repente, desaparece. ¿Adónde se fue? Se ha evaporado por completo.

Empiezo a buscarlo por todas partes cuando en la cerca veo una actividad espantosa.

¡Ardillas! Todas en línea sobre la cerca. Más ardillas de las que he visto jamás. Son enormes. Gigantescas. ¡Es la Cosa Más Espantosa del Mundo!

Una repugnante y regordeta ardilla va a la cabeza del grupo. Tiene la panza hinchada. Sus dientes son largos, como colmillos, y babean. No puedo verla sin estremecerme. Es la estampa viva de algo siniestro.

¡Criii, wiii, chiii! La malvada ardilla chilla. Corre en dirección al Parque de Perros, y la sigue todo el grupo. ¡Una invasión!

El Parque de Perros es para perros. Abro la boca para asustarlas, pero no sale ningún sonido. ¿Qué ha pasado con mis ladridos? ¡Me he quedado mudo!

En poco tiempo, el Parque de Perros se ha llenado de gigantescas ardillas. Pero no me molestan, ni me incitan a perseguirlas. De hecho, me ignoran. ¿A qué se debe?

Es obvio que tienen un plan. La Malvada Ardilla corre en dirección al árbol gigante. Las otras la siguen. Trepan por el árbol hasta llegar a las ramas. Van en dirección a la casa de las ardillas.

Siento un escalofrío desde el hocico hasta la cola. Hattie está ahí arriba. La Malvada Ardilla muestra sus colmillos. Las otras enseñan sus garras. Están a punto de entrar a la casa. ¡Hattie corre peligro!

La cara de una ardilla aparece en la ventana con el miedo reflejado en sus ojos. Conozco esos ojos. ¡Es Hattie!

¡Se ha transformado en una ardilla!

Me estremezco de horror, cada pelo de mi piel se eriza de indignación. ¡Mi dulce, querida Hattie, mi pequeña humana preferida se ha transformado en uno de mis enemigos mortales!

Miro a través del Parque de Perros. Los ojos de Hattie reflejan terror. Está atrapada. Tiene miedo. Me necesita.

Ardilla o no ardilla, ella es Hattie. Nunca dejaré de quererla.

Especialmente ahora que se encuentra en un aprieto. Las gigantescas ardillas la tienen acorralada. ¡Mi deber es salvarla!

Debe haber una manera. ¡Si al menos pudiera ladrar! Pero por lo menos puedo correr. ¿O no? No puedo mover las patas. Vamos, patas. ¡Adelante!

No se mueven. Parecen pegadas al suelo. Es peor que estar atrapado. Soy un total inútil.

No puedo quedarme aquí quieto. El tiempo apremia. Las ardillas acechan sentadas desde una rama. Que se dobla y se dobla por el peso.

Escucho un sonido estrepitoso. Y entonces...

...¡CRRRRACK!

¿O es click*?*

Sea lo que sea, a continuación, se escucha un constante ruido como de cascada de lluvia. Y ¡BRRRRUUUUMMMM!

Me estremezco. Todo es aterrador. Me resisto a escucharlo. Pero, de repente, escucho otros sonidos... Plop, plop, plop.

Abro los ojos; ahora..., súbitamente, todo se oscurece. No puedo ladrar. No me puedo mover, ¡y tampoco puedo ver!

Siento la hierba como una mullida alfombra.

¡Es una mullida alfombra! Ya no estoy en el Parque de Perros. Estoy en casa. En el pasillo, a la entrada del Lugar de Comer.

¿Es real? ¿O es un sueño?

En cualquier caso, no hay tiempo para hacer preguntas. El *ploploplop* se escucha cada vez más cerca. Proviene de la puerta del porche.

Y parece que se mueve en dirección al Lugar de Comer.

Por suerte, parece que el sentido del oído lo tengo bien.

La lluvia golpea contra la ventana. Una luz resplandece afuera. Por un instante, me parece distinguir la figura de una criatura enorme, grumosa.

Dentro del Lugar de Comer.

Huele a corteza húmeda. Y a hojas mojadas.

Esto solo puede significar una cosa: ¡una Malvada Ardilla!

Ha entrado a la casa para evitar que yo rescate a Hattie. ¡Como si pudiera! Ya sea Pequeña Humana o ardilla, ella es mi adorada Hattie. ¡Y nada podrá evitar que yo la salve!

¡BRRRRUUUUMMMM!

Trato de ponerme en pie. ¡Pero no me puedo mover!

—¡Apártate, ardilla! —ladro—. ¡Tengo un trabajo que hacer! —¡Vaya, puedo ladrar!

Pero la Malvada Ardilla no se amedrenta. Su sombra continúa moviéndose por el Lugar de Comer decidida a detenerme.

Tengo que detenerla yo primero. Entraré corriendo y le demostraré quién es el que manda. Pero cuando mis patas atraviesan la entrada, me doy cuenta de que hay otro Problema Muy Grande.

Capítulo 18

¡El Malvado Piso!

¿Es posible que las cosas empeoren? Hattie corre peligro. Una Malvada Ardilla impide que la salve. Y el Malvado Piso se interpone en mi camino.

No puedo permitir que nada me detenga. ¡No lo haré!

¡Un momento! ¿En qué estoy pensando? ¡Puedo ir por otro camino!

—¡Allá voy, Hattie! —ladro. En un segundo estoy a mitad del pasillo. ¡Ya casi estoy ahí! Pero entonces me encuentro otro obstáculo: La Reja. ¡Me bloquea el camino hacia la puerta!

No puedo pasar, aunque no pienso darme por vencido. La situación es crítica. Antes de cambiar de opinión, corro hacia el Lugar de Comer. Solo me queda un camino que seguir.

Me armo de cada onza de valor que tengo. Afinco las patas y atravieso la puerta a rastras tratando de mantener el equilibrio.

—Ardilla, te lo advierto por última vez —ladro—. ¡Vete de aquí o atente a las consecuencias!

La Malvada Ardilla se vira hacia mí y se queda inmóvil. Emite un siseo. ¿Está asustada? ¿O se prepara para el ataque?

No es tiempo de correr ningún riesgo. Debo atacar yo primero. Doy unos pasos vacilantes. Me resbalo. Estoy por desplomarme.

¡Pero no, tengo que salvar a Hattie! Sigo adelante. Nada se va a interponer en mi camino. Me precipito hacia la Malvada Ardilla. Me resbalo, pero me levanto.

—¡Voy a buscarte, Hattie! —ladro.

Cuando estoy cerca, me apoyo en las patas delanteras. Arremeto contra la Malvada Ardilla.

—¡Prepárate para lo que te espera! —ladro.

Jadea asustada.

¡Es mi señal para atacar! Toco con una pata su peluda piel. Pero no se siente tan peluda.

Extiende un brazo... ¿Es esa su defensa?

Me lanzo nuevamente: muerdo, tiro, halo, hasta que su piel se pone tensa del susto.

¡Literalmente! Mientras que la Malvada Ardilla chilla de horror, su pelaje desaparece. Y ahora tiene un olor conocido, como a menta y vainilla. Y a *espray* asfixiante...

¿Hattie?

¿Acaso me engaña mi olfato? Me echo hacia atrás. Ladeo la cabeza y miro esos maravillosos ojos negros que conocería en cualquier parte.

¡Es Hattie!

—¡Siéntate, Fenway! —dice.

Mi mirada se fija en la de ella como unidos por una invisible correa. Me dejo caer sobre el trasero, mi cola golpea el frío y resbaladizo piso.

—¡Bien hecho! ¡Bien hecho! —grita Hattie. Se arrodilla y me acaricia la cabeza.

Le lamo la nariz, los ojos y la barbilla. ¡Hurra! ¡Hurra! Hattie ha regresado y ya no es una ardilla. Y lo que es mejor, me quiere igual que antes.

Hattie se ríe, me frota la barriga y me cubre de besos. Es un momento maravilloso que espero nunca termine. Me ha extrañado tanto que no sabe cómo demostrármelo. Y yo me siento como un rey.

—Yo también te he extrañado mucho —ladro.

Olfateo el cabello mojado de Hattie y me pregunto dónde está su gorra y su cola de caballo, cuando, de repente, se me aguzan las orejas.

Rugidos y soplidos llegan desde afuera. Entonces, recuerdo las ardillas gigantes.

Corro hacia la puerta del porche. Miro hacia fuera, pero solo veo una inmensa oscuridad y una incesante lluvia. Y entre destellos de luz, lo único que se ve es un Parque de Perros desierto. Y las hojas del árbol gigante que se agitan y se mueven con el viento.

¡Las malvadas ardillas se han ido!

Es obvio que se aterrorizaron.

—Y que no se les ocurra regresar —ladro triunfante.

Regreso al Lugar de Comer, ahora bañado de luz. La Señora Comida se frota los ojos y El Señor Busca-y-trae tiene los lentes puestos. Parece como si se acabaran de despertar.

—Hattie —dice La Señora Comida con voz más bien tranquilizadora. Honestamente, el hecho de que Hattie haya regresado debería ser motivo de una gran celebración.

—¡Fenway! —dice El Señor Busca-y-trae. Suena sorprendido. ¿Se habrá olvidado de mí?

Hattie habla apresuradamente. Debe de estar explicándole a La Señora Comida y a El Señor Busca-y-trae lo que sucedió: que se transformó en una ardilla y que un grupo de ardillas rivales invadió la casa, pero su fiel y feroz perro las asustó y las echó fuera.

Y, por si acaso no entendieran quién fue el héroe, Hattie gesticula dramáticamente hacia el piso donde yo estoy. Con una inmensa sonrisa en su rostro.

¡Vaya! Es un poco vergonzoso.

Los ojos de La Señora Comida se abren de asombro. Se lleva las manos a la boca.

El Señor Busca-y-trae se pone en cuclillas. Su cara rebosa de alegría.

—¡Qué bien! —dice él con gran admiración.

—¡Bien hecho! —dice La Señora Comida que corre a mi lado, me abraza y me acaricia. Al igual que hace El Señor Busca-y-trae.

—Es solo parte de mi trabajo —me apresuro a explicar. En realidad, no hay ninguna ardilla que pueda conmigo. Pero, pensándolo bien, puedo acostumbrarme a esta adulación.

Y, entonces, cuando pienso que las cosas no pueden mejorar, una visión espectacular aparece ante mí: mi plato de comer. ¡Repleto de comida! ¿Es que acaso me olvidé de comer?

La Señora Comida debe haberme leído la mente, porque me suelta en ese preciso momento. Corro hacia el plato y me zampo la comida como si fuera La Primera Comida de Mi Vida. Y, *¡mmmm!*, está deliciosa.

Aparentemente, mis humanos están tan eufóricos acerca de la comida como de mis hazañas. Hattie comienza a dar saltos. El Señor Busca-y-trae rodea con el brazo el hombro de La Señora Comida. Todos me miran fascinados. Parece que nunca han visto a un perro comer. Y, francamente, es un poco desconcertante.

Hattie me acaricia la espalda. Huele feliz y oronda. Es el Mejor Olor del Mundo.

Miro mi plato vacío y me pregunto cómo desapareció la comida tan rápido. Entonces me fijo en algo que hace que mi boca comience a jadear...

¡El Malvado Piso!

Mi plato esté en medio del piso. Y yo también.

Y esto solo puede significar una cosa: he vencido a mi enemigo. ¡Soy un vencedor!

Durante Mucho, Mucho Tiempo, el Malvado Piso gobernaba el Lugar de Comer. Pero eso se acabó. Su reinado oficialmente ha terminado.

Me dejo caer en el piso, presiono la cara y restriego el hocico sobre la superficie fría. ¡Toma nota, Malvado Piso! Puede que seas Atemorizador, Malvado y Resbaladizo, ¡pero no eres rival para mí!

Capítulo 19

Cuando la luz de la mañana brilla en lo alto, subo a la cama y comienzo a acariciar a Hattie con el hocico.

—FEN-way —gruñe, aunque en realidad huele a todo menos a gruñona. Le lamo la cara hasta que abre los ojos. Ella está aquí. Mi Hattie está aquí. Y estamos acurrucados en su cama. Juntos. Como debe ser.

Después de Un Paseo Sin Rumbo Fijo, y regresando a casa sin pan, leche o rosquillas, Hattie y yo salimos a jugar al Parque de Perros.

—Fenway —dice Hattie a la vez que saca la mano del bolsillo.

Logra llamar mi atención. Salto una y otra vez rozando su puño con mi hocico. ¡*Mmmm!* ¡Huele delicioso!

El pecho de Hattie se ensancha y fija su mirada en mis ojos. Su expresión denota amor. Y autoridad. Una combinación persuasiva. Escucho atento.

Abre la boca y dice:

—Siéntate.

Conozco esa palabra. Un bello recuerdo me viene a la mente. Me siento en el trasero, y la cara de Hattie muestra esa sonrisa que conozco tan bien.

Extiende el brazo y da un paso atrás.

—Quieto —me ordena.

Conozco esa palabra también. Me siento y espero pacientemente.

Y entonces la galletita cae en mi boca. *¡Ñam!* ¡Absolutamente deliciosa!

Igual que el abrazo que recibo de Hattie.

—¡Bien hecho! —dice ella dándome besos en la cabeza una y otra vez. Huele tan entusiasmada como yo. ¿Quién hubiera pensado que hacer feliz a una pequeña humana era algo tan sencillo?

El resto del día jugamos a la pelota y a perseguirnos. Comemos las cosas ricas que prepara La Señora Comida. Y, más tarde, después de disfrutar de una deliciosa cena en el Lugar de Comer, El Señor Busca-y-trae y La Señora Comida se dirigen a la puerta del garaje. Hattie agarra mi correa. ¡Vamos a dar un paseo en auto! Este maravilloso día no tiene fin.

Tan pronto como el auto se detiene, mi cola se vuelve loca. ¡Hemos llegado al Lugar de las Galletitas!

Conduzco a Hattie dentro lleno de feliz anticipación. Amigos. Galletitas. Hattie. ¿Qué más puede desear un perro?

Cuando pasamos junto a Lance, me saluda con un gesto de cabeza.

—¡Amigo! —exclama.

Rocky trata de empujar a su humano hacia la puerta.

—¡Anímate! —le digo—. Ahora vienen las galletitas.

Sadie mueve la cabeza en mi dirección.

—Fenway, ¿de dónde sacas tanta energía?

Hattie huele prudentemente optimista. Como si estuviera a cargo de la situación, pero sin imponerse. Y su mochila está repleta de galletitas. No puedo aguantar las ganas de que comience la diversión.

Tan pronto aparece la Humana, todos fijan su atención en ella. Y los perros se fijan en sus humanos. Debido a las galletitas.

Y una vez que la Humana termina de hablar, el único sonido en toda la sala es el coro que forma el batir de las colas de los perros. Estamos listos. La señal para las galletitas.

Hattie se yergue, oronda, fuerte, alta. Extiende el puño. Señala al piso.

—¡Siéntate! —me ordena.

¡Yo sé esto! ¡Lo sé! Me dejo caer sobre el trasero y espero. La galletita cae en mi boca abierta. *¡Ñam! ¡Mmmm!* ¡Así de fácil!

Hattie sonríe. Huele tan eufórica como yo.

—¡Quieto! —dice Hattie, su voz más segura que nunca. Da un paso atrás.

Pero si no voy a ninguna parte. Deja caer la galletita de la mano y, *¡ñam!*, *¡mmmm!*, ¡deliciosa! La sonrisa de Hattie es tan radiante que me llena de calidez.

Repetimos lo mismo una y otra vez. Cada vez su voz es más fuerte y segura. Y mi barriga más y más feliz. Y Hattie también. La Señora Comida y El Señor Busca-y-trae observan todo a nuestro lado. Sus rostros demuestran orgullo.

Y esa no es la única buena noticia. La Humana se acerca y nos enseña otros juegos. Nos divertimos de lo lindo.

—Abajo —me dice Hattie, y me echo en el piso.

—Déjalo. —E ignoro el juguete. Y lo mejor de todo:

—Ven. —Y corro a sus brazos abiertos.

Está feliz. Yo estoy feliz, y las galletitas no paran de caer. Es como un trocito de paraíso hasta que...

—Oye, ¿qué pasa? —ladra Lance—. ¿Qué pasó con la galletita?

Todos nos volvemos a la vez. Lance da saltos sobre su humano, que no deja de mover los brazos y gritar:

—¡Bájate! ¡Fuera!

O se ha vuelto loco o está a punto de hacerlo.

Mis ojos se encuentran con los de Lance.

—¡Tranquilízate, amigo! —le digo—. Tu humano te necesita.

Lance se calma y ladea la cabeza.

—¿Para qué me necesita?

—Para hacerlo feliz.

Lance parece totalmente sorprendido. ¿Es que acaso no pensaba que yo tenía tal fuente de sabiduría? ¿O se ha quedado pasmado por la simpleza de la respuesta?

Cualquiera que sea la razón, parece que lo ha comprendido. Mira con ansiedad a su humano, que ahora se ve más calmado, y le dice:

—Siéntate.

Lance comienza a mover la cola y se apoya en su trasero. ¡Vaya! Una galletita vuela por el aire y cae en su boca. Lance se relame.

El humano de Lance resopla. Su cara rebosa de alegría.

Lance agacha la cabeza para que su humano lo acaricie. Y le dan otra galletita.

Rocky se vuelve hacia mí impresionado.

Sadie me mira fijamente admirando mi astucia. O a lo mejor le intereso.

¿Qué puedo decir?

Después de muchas más galletitas y, lo que es mejor, muchas más caricias y abrazos de felicidad por parte de mis humanos, regresamos al auto. Me acurruco en el regazo de Hattie. Me regocijo pensando en los elogios recibidos todo el camino hasta la casa.

Capítulo 20

A la mañana siguiente, salimos a dar un paseo. Pero algo es diferente. En lugar de doblar la esquina, como de costumbre, Hattie y La Señora Comida toman la dirección opuesta. ¿Es este el camino al Parque de Perros? Olfateo en busca de pistas.

¡Y enseguida encuentro una! En el verdoso parque de al lado, huelo a golden retriever y a otra raza que no identifico. ¿Goldie? ¿Patches? ¿Es ahí donde viven?

Mi cola comienza a moverse sin parar. Y con razón. Hattie y La Señora Comida entran por el camino de la entrada. Las halo en dirección a la casa.

La puerta se abre y nos recibe La Señora Panecillo. Y Ángela. ¡Y más buenas noticias! Goldie y Patches. Con sus correas puestas.

¡Hurra! Mi cuerpo se estremece de entusiasmo.

—¿Qué tal, damas? —pregunto.

Nuestros hocicos y colas se mueven al unísono en un saludo amistoso.

—Casi no lo puedo creer —dice Goldie mientras bajamos los escalones del porche—. Ángela también va a pasear con nosotros. ¡Después de tanto tiempo!

—He recobrado la esperanza —dice Patches con dulzura—. A lo mejor, después de todo, no hemos perdido a nuestra querida Ángela.

—La esperanza nunca se debe perder —digo muy orgulloso—. Yo no la perdí. Y ahora tengo a mi Hattie otra vez.

—¿Y cómo sucedió? —pregunta Goldie.

—Pues verán: Hattie en realidad estaba sufriendo un cambio: ¡se estaba transformando en una ardilla!

—¡Qué horror! —exclaman mis amigas asombradas.

—Sí, en verdad algo muy aterrador. Pero, por suerte, la salvé, justo a tiempo.

—¿La salvaste tú? —dice Goldie.

—¿Cómo lo hiciste? —pregunta Patches.

—Nada especial. Cumplí simplemente con mi trabajo.

—Cuéntanos —dice Patches.

—Digamos que puedo ser muy feroz cuando las circunstancias lo requieren y me lo propongo.

Goldie parece que no está de acuerdo, pero lo piensa bien y calla.

—Fenway —dice Patches con voz dulce y llena de admiración—. Eres un héroe.

—¡Ay, caramba!

Los humanos charlan entretenidamente y comienzan a caminar por la calle. Goldie y Patches no piensan que eso es una mala idea. Y yo debo confesar que ya me he acostumbrado.

Los humanos doblan por el camino que habitualmente tomamos. Espero que mis amigas no crean que vamos a algún lugar especial. Por un momento pienso en darles la mala noticia de que no vamos al Parque de Perros, pero no quiero echarles a perder este día.

Mientras caminamos, no puedo dejar de pensar que así debería ser siempre. Pasear juntos, en familia. Todo va de maravilla: las orejas alertas, los ojos fijos en el frente. Los humanos, por su parte, conversan sin mirar adónde van, halándonos de las correas. En otras palabras, un comportamiento raro, pero de alguna forma ahí vamos.

Cuando pasamos por el verdoso parque con el Perro Inmóvil, él todavía está ahí. Sus orejas paradas, la mirada fija en el horizonte. Con las mismas flores, en el mismo lugar, como si nunca se hubiese movido.

—¿Qué se supone que hace ese? —les pregunto a las damas.

—¿Qué? —las dos dicen al mismo tiempo.

—Ese —digo moviendo la cabeza en dirección al Perro Inmóvil.

Goldie y Patches intercambian miradas. Deben de estar tan confundidas como yo. Patches parece como si quisiera decir algo, pero no lo hace.

—Fenway, tienes una manera interesante de observar las cosas —dice Goldie.

—Quizá.

Pasamos cerca de otros parques, árboles y arbustos, entonces nos detenemos en el camino de la entrada de una casa, donde una Señora Humana frota agua jabonosa en un auto. La Señora Comida y La Señora Panecillo conversan durante un rato mientras que una pequeña humana salta en el césped, su pelo negro y sedoso rebota al aire. Luego, se sienta a mi lado y me acaricia la cabeza.

—¡Uy! ¡Un perrito! —dice mimosa.

Es obvio que esta pequeña humana sabe apreciar a un perro hermoso. Le lamo la mejilla y ella sonríe. Huele a brillantina y a pegamento.

Mira a las pequeñas humanas y les sonríe:

—Zah-ra —dice.

Hattie abre los ojos y le da un suave codazo a Ángela. Huele como si se le hubiese ocurrido una idea.

Mis orejas captan un sonido familiar a lo lejos.

Tiro-riro-riro-rooo. ¡El camión musical! ¡Y viene directamente hacia nosotros!

Hattie y Ángela deben haberlo visto también, porque, de pronto, muestran una gran energía. Extienden las manos hacia los humanos, quienes les entregan unos papelitos.

Hattie y Ángela comienzan a dar saltitos ansiosas de que llegue el camión. Obviamente, listas a enfrentarse al monstruo como dos perros feroces. Supongo que recibieron la inspiración de cierto héroe canino.

¿Pero podrán ellas solas enfrentarse a ese malvado? Apenas tengo tiempo de responder. Ante nosotros aparece la bestia musical con su tintineante voz.

—¡Vete de aquí, malvado camión! —ladro dando brincos y saltos alocadamente. Si no estuviese atado a esta correa, yo... yo...

—¡FEN-way! —grita Hattie gesticulando con la palma de la mano en dirección al pavimento—. ¡Abajo!

¡Entiendo! ¡Entiendo! Me echo en el suelo, a sus pies.

Hattie me acaricia la cabeza, su cuerpo irradia total felicidad.

—¡Bien hecho! ¡Bien hecho! —dice. Su voz es deliciosa. Igual que las galletitas que caen en mi boca.

Mis amigas observan todo impresionadas. ¿Qué puedo decir?

Y las pequeñas humanas también tienen éxito en obtener lo que quieren. Obviamente amedrantado, el Malvado Humano desaparece de la ventanilla del camión y regresa con helados. Hattie y Ángela se los arrebatan de las manos. ¡Bien hecho, mis niñas!

Mientras vemos cómo se aleja el camión musical, me coloco al lado de Hattie. Afortunadamente, no tengo que esperar mucho tiempo: un pegote cae delante de mis patas. *¡Sluuuuuurp! ¡Mmmm!* ¡Vainilla!

De regreso a casa, sucede algo igual de maravilloso: ¡Goldie, Patches y yo entramos a través de la puerta lateral... al Parque de Perros!

¡Hurra! ¡Hurra! Retozo con ellas dando tumbos y volteretas y correteando durante Mucho, Mucho Tiempo. ¡Ha sido fantástico! Finalmente, nos dejamos caer en la fresca hierba a reposar. Descanso mi cabeza junto a la de Patches. Me lame el hocico.

Pienso que es hora de tomar una buena siesta cuando oigo ruidos que provienen del frente de la casa. Sonidos de pequeñas humanas.

Mis amigas se levantan de un salto. Todos corremos a la cerca para averiguar.

La pequeña humana que vemos está saltando a la entrada de la casa, y lleva puesta una cinta brillante en la cabeza. Hattie y Ángela corren a saludarla.

—Zah-ra —gritan. Hattie la saluda con la mano. Sostiene una cuerda de saltar.

Hattie le entrega un extremo de la cuerda a Zahra. Ángela va a agarrar el otro extremo, pero entonces niega con la cabeza y una gran sonrisa aparece en su rostro.

Hattie frunce el ceño, y luego sonríe. Ella y Zahra agarran cada una un extremo de la cuerda y se apartan. Pronto la cuerda comienza a dar vueltas y a chocar contra el pavimento a un ritmo constante. Hattie comienza a cantar una cancioncilla rítmica. Las otras niñas se unen al coro.

La cuerda de saltar da vueltas arriba y abajo de Ángela una y otra y otra vez. Ángela salta arriba y abajo con una gran sonrisa mientras la cuerda azota el pavimento sin parar.

—¡Ah! —dice Patches—. ¡Pero si es un juego!

—¿Qué quieres decir? —pregunto.

—Ángela ha estado saltando a la cuerda así durante muchos días —explica Goldie.

—No entendíamos por qué —dice Patches.

—Quizá tú no. Yo siempre supe que se trataba de un juego —dice Goldie.

—Que yo recuerde, estabas tan intrigada como yo —contesta Patches.

—¡Bah! —dice Goldie.

Gritos de alegría dirigen nuestra atención hacia la entrada. Observamos a las pequeñas humanas saltar, brincar y cantar durante un rato hasta que Goldie agarra un palo y se echa a correr. Patches y yo corremos tras ella alrededor del Parque de Perros.

Cuando oscurece, tengo a Hattie solo para mí. Estoy acurrucado en su suave y confortable cama. Me besa la pata marrón y luego la pata blanca. Me baña el cuello de besos. Le lamo la mejilla y ella sonríe.

Hattie me cepilla el pelo y canta *Amigos inseparables*. Es el Mejor Momento de Mi Vida. Mi Hattie y yo juntos para siempre, y nada puede interponerse.

Con un suspiro de felicidad, cierro los ojos. Y, entonces...

Estoy tendido en la suave y fresca hierba.

—¡Chiii, wiii, chiii! —*Una Malvada Ardilla salta la cerca, sus afilados colmillos resplandecen a la luz de la luna.*

Salgo corriendo tras ella.

—¡Chiii, wiii, chiii!

—¡*Esto se llama Parque de Perros por alguna razón!* —*ladro.*

Se escurre hacia la parte de atrás de la cerca, donde

Hattie está acostada en el césped. Sus brazos extendidos a cada lado...

—¡Ten cuidado, Hattie! —ladro.

¡Pero es demasiado tarde! ¡La Malvada Ardilla salta a sus brazos!

—¡Huy! —*murmura acariciando su tieso pelaje.*

La ardilla chilla suavemente y se acurruca en el cuello de Hattie.

¡No! ¡No! ¡Por favor díganme que Hattie en realidad no está acariciando a esa malvada criatura!

Entonces la ardilla se vira y me mira fijamente. Abre la boca...

¡CRRRRACK! ¡BRRRRUUUUMMMM!

¡Vaya! ¡Qué ardilla más escandalosa!

Abro los ojos. ¡Yupi! Me encuentro en la suave y acogedora cama de Hattie; me estremezco de felicidad. Una luz brillante resplandece fuera. La lluvia golpea contra la ventana. Esto no puede ser nada bueno.

Hattie abraza el oso-que-una-vez-fue. Entonces, me busca:

—Amigos inseparables —susurra.

Lleno de valor, me acurruco en su pecho. Me ovillo contra el oso-que-una-vez-fue. Hattie me acaricia la espalda. Hacer feliz a Hattie es un trabajo grande. Pero, por suerte, yo soy un profesional.